寄り添って老後

沢村貞子

中央公論新社

目次

寄り添って老後

老いるということ

花屋の帰り――菊を抱えて、いつもの細い道を通った。昨夜の雨がすっかりあがって両側の門や垣根《かきね》にやわらかい陽《ひ》がさしている。昼さがりの住宅地は、通る人もない。

ゆっくり歩いていると、うしろの車から若い女の人のよくとおる声。

「ご町内のみなさま、選挙の日が近づきました。あなたの一票をどうぞ大切に。どうぞ、どうぞ、投票をお忘れなく……」

選挙の広報車である。そう言えば投票日まであと二日……是非《ぜひ》行かなければ。投票用紙に書く人の名も、もう決めてある。

それにしても、こんな狭い路地まで、ご苦労さまなこと……立ち止って除《よ》けて

いる前を通りすぎる車から、もう一声。

「みなさま、どうぞ投票をお忘れなく……あ、おばあちゃんも是非行って下さいね」

え？　おばあちゃん……て、私のこと？　思わずまわりを見廻《みまわ》したけれど――誰もいない。

（私のこと……おばあちゃん、だって……）

遠ざかる車が、妙にしらけて見えた。

家へ帰って菊を活《い》けていても、なんとなく面白くない。つい、家人にその話をすると、笑い出した。

「そりゃあ、まあ、嬉《うれ》しくはないだろうけれど……八十すぎたら、やっぱり、おばあちゃんじゃないかな。おばさんや奥さんより、親しみをこめたつもりなんだよ、きっと」

そう言われれば、そうかも知れない。それにしても、おばあちゃんと呼ばれると、老いのラベルをペッタリ貼《は》られたような気がして――やっぱり、侘《わび》しい。

女優をしていたとき、いつも老母役だからスタッフから、おばあちゃんと呼ばれるのが当り前だった。ところが、仕事が終ったあと、嫁や孫役から、「おばあちゃん、ご一緒に帰りましょう」などと言われると、つい「どうぞお先に――」などとニベもない返事をしてしまうのは――われながら、おかしい。

何年か前、新聞のコラムに、四十五歳のお嫁さんから見た、七十七歳のお姑《しゅうとめ》さんの心境が載っていた。近くの病院で胃腸の手術をしたお姑さんは、しきりに帰りたがった。完全看護のため、付き添っていられないお嫁さんはとても心配だったが――何日かたつと、お姑さんはすっかり落ちついて機嫌《きげん》がよかった。そのせいか、術後の経過も順調だった。ある日、お姑さんが小さい声でお嫁さんに囁《ささや》いた。

「ここではね、看護婦さんが、私のことをチャンと名前で呼んでくれるんだよ。名前を呼ばれると、本当に私のことを心配してくれるんだな、って嬉しくなって、気持がシャンとするんだよ」

息子夫婦や孫たち、ご近所の人たちからも「おばあちゃん」としか呼ばれなか

ったお姑さんはよっぽど嬉しかったらしく、退院後もいそいそと病院へ通った。外来でもキチンと名前を呼んでくれる、とお嫁さんに報告する顔は、子供のように明るかった……という話。たしかにおばあちゃん、という呼び名には、齢《とし》をとると、十把一《じっぱひと》からげにされてしまうような侘しい感じがある——私達老女のひがみかも知れないけれど……。

子も孫もない私は、めったにそう呼ばれることもなかったので、つい、いい気になっていたものの——やっぱり齢は齢。寄る年波のつれなさ、という言葉がこの頃《ごろ》つくづく身にしみていた。

同年輩の友達が、畳の縁《へり》につまずいて転び、脚を折ったときいて、まさかと思っていた。ところがこの間、私も敷居に足をとられ、危なく、膝《ひざ》をいためるところだった。そんなバカな——と思うことが次々起きるのが、老いというものらしい。自分では二センチあげたつもりの足首が、ほんとは一センチしか、あがっていなかった、ということである。

食卓で、美味《おい》しく淹《い》れた自慢のお茶を、向いの家人の前へおき、その手を引こ

うとして、手前の自分の茶碗を倒す……などというのは毎度のこと。お新香の小鉢をとろうとして、お醤油つぎを引っくりかえしたり、ナイフを使おうとして、そばのフォークを床へ落としたり――次から次ということで、嘆いてばかりもいられない。この頃では、そんな小さな失敗を「ハイ、本日第一回」「ハイ、これで本日第三回」などと、家人と顔見合わせて笑っている。

笑っていられないのは、仕事場での失敗である。もともと老《ふ》けの脇役女優――重いもの持ったり、むやみに駈《か》け出すこともなく、シャッキリした老母役で、長火鉢の前にデンと坐《すわ》っていることが多いのは嬉しいけれど、困るのは――立ちあがるときである。

眼の前のだらしない息子役をジロリと睨《にら》んで、

「冗談じゃない、そんなバカバカしい話。あたしゃ、これ以上聞きたくないね」

キッパリ言い切って、サッと席を立つ……はずなのに――うまく立てない。火鉢のふちに両手をついて、ドッコイショ……では、間がはずれて、芝居がこわれる。

「まかせとき、私が話をつけてきてやる」

ポンと胸を叩《たた》いて、威勢よく、セットの玄関まで行った老女将《おかみ》が――キチンと揃《そろ》えられた草履《ぞうり》を格好よくはけない……片足あげたトタンにヨロヨロと尻餅《しりもち》をついては、さまにならない。齢をとる、というのは、なんとも、せつないことである。

そんな思いが何度かつづいて――去年女優業の店じまいを決めた。八十一歳。

「役者に齢はない」と言う。その通りだと思う。現に、私より年輩の方たちが、立派に仕事をつづけていらっしゃる。ただ――その方たちには、華《はな》があり、芸がある。私には、それがない。だから――齢がある。

花のスターのうしろから、ときに応じて、サッと枝を出したり、パッと葉をしげらせるはずの脇役が、思うように身体《からだ》が動かなければ――それでおしまい。単純な下町女は多少、自分にきびしいのかも知れない。

六十年間の女優業には、辛《つら》いこともあったけれど、楽しいことも多かった――自分でない人間になることが出来たわけだから……。とにかく、自分に出来るこ

とだけは一生懸命やってきたせいか、未練も後悔もない。仕事をやめても、おばあちゃんと呼ばれてむくれる娑婆《しゃば》っ気が残っている間は、まだ呆けないかも知れない。そうだとありがたいけれど……。

高齢者社会のリミット——八十歳はもう充分使い切った。多少の残りを大切に、自分自身に恥ずかしいことのないように、明るく楽しく暮らしたい——というのが最近の心境である。ぜいたくな願いだろうか？

遊ぶって、なに？

「すこし遊んだらどうですか？　ずいぶん永いこと、働きづめだったんですもの」

　しきりに心配してくれるのは、三十年あまり、マネージャーとして私を支えてくれたY女史である。女優業の店じまいをしたあと、ほとんど外出することもなく、いつも、台所で煮炊きをしているか、茶の間で新聞雑誌を読んでいる私の姿が、どうも気になるらしい。

「ほんとにそうね、よく働いたんだもの、これからは盛大に遊ばなけりゃあ……」

　景気よく返事はしたものの——盛大に何をしたらいいのか……ほんとは、自分

でもわからない。

翌朝、寝床の中でうつらうつらとしながら考えた。遊ぶ、って一体どういうこと？ 私は今までどんなことをして遊んできたかしら……女優稼業《かぎょう》の六十年間をフッと振り返った。

昭和四年、新築地劇団にはいってからは、あちこち飛びまわったあげく、治安維持法に触れて動けなくなったし、昭和九年、映画界へはいった頃は丁度トーキーのはじまりで、脇役女優はただ、もう、忙しかった。やっと、その世界に馴れた頃には、暗く永い戦争になり、「自由は敵」の時代にはいった。やがて烈《はげ》しい空襲がつづき、生きのびられたのは、ただ、もう、運がよかっただけである。

戦後、どうにか食べ物が手にはいるようになった頃から、撮影所と劇場のほか、テレビ局が次々とふえ……台詞《せりふ》をおぼえて走りまわるのが精いっぱい——遊ぶひまなど、とてもなかった。

(小さい頃は、よく遊んだけれどねえ)

そう……あの頃は、おはじき、お手玉、おままごと。紙の姉さま人形をこしら

えるのがとても好きだったけれど……小学校へゆくようになると、台所仕事の手伝いや兄、弟の身のまわりの世話で、子供なりに結構忙しかった。女学校時代は勉強のほかにアルバイトの家庭教師で暇がなく、女子大でも、友だちとどこかへ行ったとか、ゆっくりおしゃべりをした、というおぼえもない。おかしいのは、そんな暮らしを、つまらない、と思ったことが一度もないということである。

（どうして、遊びたい、と思わなかったのかしら。そんな自分の人生を後悔するどころか、結構、楽しかった、などと思っているのは何故《なぜ》だろう？）

遊ぶ、というのは、どういうことなのか――午後、暇をみて、手許《てもと》の辞書、何冊かをひいてみた。いろいろ、書いてある。

○仕事や勉強をせず、遊戯などして、楽しく時をすごす。

○酒、女、ギャンブルに耽《ふ》ける。

○旅行をする。

○何の職業・仕事ももたずにいる。

酒色や旅行、怠惰にかかわることの多いなかに……あった――私自身、思いあ

たることが……。

○楽しいと思うことをする。

あるいは、

○自分の楽しいと思うことをして心を慰める。

そうだ、わかった——私の遊びはこれだった。考えてみると、私は若いときから、自分で楽しい、と思うことだけをしてきた。傍目《はため》は、まるで気にしなかった。そのために、辛いことも多かったけれど、あれこれむずかしい世の中で、自分の好きなことをするためには、そのくらいのことは当り前、と、始めから心を決めていたから、何とか耐えられた。まわりの人になるべく迷惑をかけないように——気をつけたのは、そのことだけだった。

つまり……私はもの心ついたときから、どうしてもいやなことはしなかった。いつも、自分がしたい、と思うことだけをしてきた……と、いうことは、ずっと遊んでいた、のと同じことになる。なるほど——だから、後悔することもないし、なかなか面白い一生だった、などといい気なことを思ってしまう。

今度、Yさんが来たら、言うことにしよう。

「心配しないでいいのよ。私はずっと遊んでいたのだから……これからも盛大に遊ぶから、大丈夫よ」

彼女はどんな顔をするかしら……。

身体の躾

居間のクーラーが、どうも工合が悪い。

この頃のように、毎日、暑かったり寒かったり、陽気が定まらないと、私たち老人夫婦もつい、機械にたよることになる。ところが――扱い方がさっぱりわからない。近くの電気屋さんに来てもらった。若いけれど、いつも親切な仕事をしてくれる。

永いことかかって調べたあげく、ちょっと言いにくそうに小さい声で、

「……部品がだめになったんです、古くなって……」

「え？　古くなったって、このクーラー、まだ……」

言いかけて気がついた。

「あなた、うちへ来るようになって、何年になる？」

「ええと、店をもってすぐですから……八年ちょっとになります」

あ、なるほど……この機械は以前、出入りしていた電気屋さんが取りつけたのだから……どう考えても、十年以上、動いていたということになる。

「そうねえ、古いわねえ、くたびれたのよ、やっぱり……。今更、部品をとりかえたって、だめよねえ」

「……同じ部品があれば、なんとかなるかも知れないんですけど——すみません、探してみます」

申しわけなさそうな顔をして帰った。

でも、きっと、ない……ということは、私にもわかっていた。なにしろ、毎年、鳴物入りで次から次へ、新種を売り出しているのだから……。

四、五日して——いくら探してもなかった、という返事。結局、ピカピカの新品と取り換えてもらった。温風、涼風……坐ったまま、好みに応じてリモコン操作が出来る、というのは、年寄りにとってはまことにありがたい。

ただ――永年、働いていた機械が取り外されて、無造作に庭に放り出されるのを見ると、一瞬、心が痛んだ。私自身も相当くたびれているから、同病、相憐《あいあわ》れむ……という気持かも知れない。

私の部品もかなり痛んできた。眼、耳、口……見えにくいし、聞こえにくいし、食べにくい。出来れば、どれも、新しいものに取りかえたいのだけれど――それは無理。クーラーだって、十年たてば部品は売っていない。

昔、丁寧に、歯の治療をしてくれた歯科医がよく言ったものだった。

「いくら歯を治したからって、新品にはならないんだからね。入れ歯は入れ歯――生えた歯じゃない。むやみにお金をかけたってだめ。それより、よく手入れをして、大切に使うことですよ」

ほんとに、その通り。私の部品たちは、スイッチを切る暇もなしに、八十年あまり、働きづめだったんだもの。クーラーのように身体ごとそっくり取り換えるわけにもゆかないのだから、仕方がない。

とにかく、こうして生きている以上、まがりなりにも動けるように、部品も本

体も、なんとかいたわってやらなければ……。

一と月ほど前、裏口のベルが鳴ったようだった。テレビの音がやかましくて聞こえにくかったけれど、誰か来ているらしい。慌《あわ》てて炬燵《こたつ》の前から立ちあがろうとして、よろけて、うしろの飾り棚に、いやというほど脇腹をぶつけてしまった。裏口の用事はなんとかすませたものの、打ったところの痛みがすっかり治るまで、かれこれ三週間。毎晩、お風呂からあがるとすぐ、丁寧に薬を塗りながら、自分に言ってきかせたものだった。

（だから、慌てちゃだめなのよ。年寄りはどっこいしょ、でなければ立てないんだから……そのくらい、わかってる筈《はず》なのに、仕様がない）

自分の身体だからと言って、むやみに甘やかしてはだめ。自分に、ちゃんとした躾《しつけ》が出来るのは、自分自身なのだから……。

昔、母は、私が何をしても怒らなかった。ただ、口癖のように言っていた。

「どうしてもやりたいなら、やってもいいよ。でもね、自分で責任をもつんだよ」

父や兄、弟の世話に追われて、娘のことまで手がまわらなかったのだと思う。その癖、身体の弱かった私が風邪をこじらせて熱を出したりすると、夜どおし枕元《まくらもと》についていてくれた。

フッと眼をさますたびに、じっとのぞきこんでいる母の優しい眼が嬉しくて、

(世話を焼かせないようにしなければ……)

そう思った。自分の身体の面倒を自分でみる癖がついたのは、そのおかげだと思う。

やっと、小学校へゆける齢になったのに、生れつきの低血圧で、朝、なかなか起きられない。だけど、遅刻はしたくない。子供心に考えて、蒲団《ふとん》の中ですこしずつ、手や足を動かしていると、血のめぐりがよくなるらしく、なんとか、起きられた。そのやり方はいまも、ずっと、つづけている。

台所仕事を運動がわりにしたり、お風呂でブラシや垢《あか》すりを使ったり、嫌いな食物をなんとか食べられるように工夫しているのも、自分に躾をする気持である。

なんのかのと言いながら、あんまり、まわりの人に迷惑をかけずに、おしゃべ

りしたり本を読んだりしていられるのも、そのおかげではないだろうか。だから――と言って、「私は健康」とは思っていない。二十歳すぎれば、身体の中の細胞が毎日十万個ずつ減ってゆくといわれているのに、「いくつになっても健康」でいられる筈がない。ただ、くたびれた身体を、一生懸命、もたせている、というだけのこと。高齢者時代の今日この頃、自分の身体を心配しすぎて「健康、健康」と思いつめて「健康病」にならないように――ほんのちょっとだけ、気をつけるようにしている。

八十年あまり、私の言うことをきいて、休みなく動いてくれた身体である。本当に永いことご苦労さま、ありがとう。

出来れば、もうすこし……ほんのすこし――残りの人生を、まわりの人たちにあんまり迷惑をかけずに生きられるように、つきあって下さいな。頭と身体が、力をあわせて……どうぞよろしく、お願いしまーす。

忘れる

テレビの画面がパアッと明るくなるような笑顔のアップ——見ていて楽しくなる。

「若いって、やっぱりいいわねえ。この頃、また、ぐっときれいになったわ」

「うん、芝居がうまくなったしね、勘がいいから、のびるよ、この……ええと……この、何ていったっけ……」

「え？　ああ、名前ね、ええと……なんていったかしら……」

数すくないわが家のごひいきスターの名前を忘れるなんて……しかも、二人一緒に……。

「ええと……あれは……」

「ええと……あらいやだ、何だっけ……」

顔見合わせて苦笑するばかり……。

そのくせ、夜更《よふ》けに寝床にはいり、ヤレヤレと手足をのばしたトタン、

「あっ、わかった、思い出した、ホラ、さっきのあの子の名前……」

ということになるのだから、おかしい。

「うーん、これはやっぱり、呆けの前兆かなあ……」

「そんなことないわ。もの忘れは若い人にだってあるんですもの。私たち、永く生きすぎて、あれも、これも、いろんなことおぼえたから、この頃、チョイチョイくたびれ休みをするってわけよ。いいじゃないの、つまらないことは忘れたって……」

でも、ほんとは――人の名前をおぼえているということは、つまらないことではない――それは、よくわかっている。ナポレオンは大ぜいの部下の名前をキチンとおぼえて、一人一人、その名を呼んで、いたわったからこそ――フランスの第一帝政の皇帝になることが出来たのだ、と昔、女学校の歴史の先生が仰《おっ》しゃっ

た。

皇帝になりたい、とは思わないけれど、二度も三度もおめにかかった人の名前をケロリと忘れるような失礼なことは、私もしたくない——気をつけなければ、と、いつも思っているのだけれど……これが、なかなかむずかしい。

役者の台詞の中で、一番おぼえにくいのは、相手の役の名ではないかしら——私は、そうだった。二十何年か前のこと——あるテレビ局の一時間番組で、主役をするはずだった新派の大スターが、ある事情で突然、出演出来なくなった。結局、私が代役を引きうけたのは、親しいプロデューサーに無理やり口説《くど》かれたからだったが——困ったのは、その小料理屋の女将役の再婚先に、六人の子供がいる、ということ。その頃は、今と違って生番組なのに、稽古《けいこ》は本番の朝、一度だけ……。とにかく、必死にやってのけたものの——途中で子供たちの名前が……どれがどれだか、こんがらかって……とうとう、どの子もみんな「チョイト」「ねえ……」「ああ、お前」という破目《はめ》になってしまった。冬のシーンなのに、額から汗がポタポタ……あの切なさは、いまも忘れない。

台詞をおぼえるのは、役者にとって大切な仕事の一つである。百ぐらいのものは、何とかおぼえるのに――人の名前に苦労するのはなぜかしら。「こうして、こうだから、こうなる」という理由がないからだろうか。親が子供に、さんざん考えたあげく、つけた名前でも、他人にとっては、ただの符号。とにかく――おぼえにくく、忘れ易《やす》い。

あるパーティーの席で、前から顔見知りのジャーナリストと、なんとなく世間話をしている私のところへ、若い女優さんがあいさつに来た。明るくて、ものおじしないお嬢さんである。

「あの……こちら、新聞社の方でしょ？　私、よくおみかけするわ。ねえ、ご紹介していただけません？」

と、私に……。さあ、困った、どうしよう、まさか、お名前が思い出せない……とも言えないし……。

「ああ……こちらね、私の尊敬するジャーナリストよ。きびしい批評をなさるから、いろいろ教えていただくといいわ……まだお若いのに、とても、よく、芝居

というものをご存知なのよ、ほんとに……ホラ、いまやっている、あのお芝居ね……あれも……」

どぎまぎしている私をチラリと見た彼は、

「あ、自己紹介しましょう、僕、○○新聞社の……」

助かった——ホッとして、

「じゃ、私、一寸《ちょっと》あちらへ……ごめんなさい……」

そっとお辞儀をする私に——彼はニヤリ。

恥ずかしかったのは、その後、どこかで顔をあわすたびに、

「ええと、僕は○○新聞社の……」

と、笑いながら名乗られることだった。

「かんにんして下さいな、もう大丈夫よ、チャンとおぼえましたから……」

と、悲鳴をあげるまで、からかわれた。

でも……そのやり方は、私も真似した方がいいかも知れない……そう思ったのは、ある女性評論家に、

「ええと、あなたは沢村——春子さんでしたわねえ」

と言われてからだった。女優だから、私の名前はどなたもご存知のはず——などと、いい気になってはいけない。みなさん、それぞれ忙しいお仕事を抱えていらっしゃるのだから……。以来、知った方、知らない方にかかわらず、ご挨拶《あいさつ》のはじめに、いつも、さり気なく、

「沢村貞子でございます」

ということにしている。なんといっても、人の名前というものは、おぼえにくく、忘れやすいのだから……。

この頃は、人の名前だけでなく、ものの名前も、見事に忘れる。

「ホラ、エエと……いつも腰が痛いとき塗ってる薬……あれを買ってきてもらいたいんだけど……ええと、何ていったっけ……」

何年も使っているのに、ヒョイと忘れる。ほんとに仕様がない、と思うけれど、その度に（無理もない、齢なのだから……）と自分で慰めている。なにしろ、二十歳すぎると、身体中の細胞が一日、十万個ずつ減ってゆくらしい。そうすると、

もう八十をすぎたのだから——どのくらい、減ったことになるのだろう……こうして何とか生きるだけの細胞が、よく残っている、と感心してしまう。

とにかく——忘れるのは人の常。立派な社会的地位にある人も、これだけは防げないらしい。公開の席やインタビューで、よく、

「記憶にございません」

と、あるときは堂々と、また、あるときは、オドオドと、言っているのをきく。

私も、忘れたら、そう言うより仕方がない。ただ——ほんとは、よくおぼえているのに、損得ずくの逃げ口上には、したくない。

「嘘《うそ》をつくと、お閻魔《えんま》さまに舌を抜かれるよ」

子供の頃、大人たちによく言われた。嘘はこわいし、恥ずかしい。

いいえ、私はこの頃、齢のせいで、何でもほんとに忘れるのですから、おえんま様も皆さんも、どうぞ、よろしく——ご寛大に……。

いたわりあい

新しい眼鏡が出来てきた。ちょっと派手かと思った枠《わく》も、案外、落ちついて見える。

遠近両用――新聞がスラスラ読めるし、ボンヤリかすんでいたテレビの画面がハッキリ見えて気持がいい。遠視がすすんで、前の眼鏡はあわなくなっていた。

午後のテレビはメロドラマの再放送――主役は不倫の恋に悩む人妻。

（ヘェ――彼女も相当老けたわねぇ、昔はほんとにきれいだったけれど……やっぱりねえ。アップの連続はちょっと無理みたい……）

見えすぎる眼鏡は人間を意地悪にするのかしら。私が一緒に仕事をしてから、もう十何年もたっているのに――余計なことを思ったりする。

（人のことより——この枠、似合うかしら……）

シャンと背をのばし、ちょっと気取って、三面鏡をのぞきこんだ。

（……うん、まあ、まあというところね）

ご機嫌で、鏡にぐっと顔を近づけたトタン、ギョッとした。

（え？　なあに——これ……）

他人に意地悪な眼鏡は自分にも意地が悪い。額から眼尻にかけて、小皺《こじわ》がいっぱい……ここにも、ここにも——シミが沢山。

（うーん、なるほど……）

皺もシミも、まるっきりない、などとは決して思っていなかったけれど、こんなにいっぱいあるなんて……ひどい。

（これはあんまり——すこし、なんとかしなけりゃあ、ねえ）

自分の顔は、自分で鏡をのぞかないかぎりわからないけれど、一緒に暮らしている人は、否応《いやおう》なしに毎日、見せられているということ。家人もついこの間、眼鏡を新しくしたのに、何にも言わないのは、多分相棒をいたわっているのだろう。

（……化粧で誤魔化せないかしら）

役者は仕事の上で年中、肌をいじめているから、ふだんはなるべく、すづらすっぺい——化粧水を塗るだけにしていたが……この有様では、そうもゆかない。

特別、おしゃれをして出かけるときだけ、使っていたファンデーションを、ほんの一刷《ひとはけ》スッと塗ってみた。シミがちょっとかくれたような気がする。その上に、自分の肌に似た色の粉おしろいを、ホンの一叩きすると、皺が眼立たなくなった感じ。

（ああ、よかった）

でも、この調子でもうすこしきれいに……などと慾《よく》を出して、もう一刷、あと一叩きというのは禁物。「老女の化粧《けわい》もの凄《すご》く……」と、昔、習った長唄の文句にもあった。

（恐れ入りますけれど、ほんのちょっぴり、誤魔化させていただきまして……）

という遠慮をゆめゆめ、忘れないようにしなければ……。

髪の型も変えることにした。新しい眼鏡は、薄くなった生え際の悲しさも、情

容赦なく見せつけてくれる。

(前髪をもっと低く、まげを小さくして)

どっちみち、沢村美容院の手づくり――どんな型も好き放題。月に一度の本物の美容院でしてもらうことは、洗髪と染髪だけ。

そう言えば、この間、永い馴染《なじ》みの美容師さんが、私の洗い髪を乾かしながら、

「昔は両手でつかみきれないほど多かったのに――こんなにすくなくなっちゃって……」

　としきりに嘆いていた。

「だって、ここへ来るようになって、もう、三十何年よ。いまだに染める髪があるだけ、ましだと思ってるわ」

　と、私。嘆く人と慰める人が逆のようで、なんだかおかしかった。

昔は……以前は……と愚痴を言ってみてもはじまらない。なんとかして、もうすこし、若くみせたい、とあせるのも無駄なこと。ただ――まわりの人に不愉快な思いをさせないように……あんまり、ひどいところが目立たないように工夫す

る――それだけで結構。

薄化粧にひかえめの髪――新しい眼鏡で見ても、まあ、すこしはましになった。

（さて……）

意地悪眼鏡をはずして立ち上り、洗面所へ行った。そこの鏡は己惚《うぬぼ》れ鏡――左右の小さい電燈も、ボンヤリ優しく――ちょっとほほえんだ私を、なんとなく、好もしい老女のように映してくれる。

（まあ、こんなところでしょう）

ほんの少しの己惚れは、誰にとっても元気の素。現実の自分をよくよく知ったあげくに、ほんのちょっぴり、自分をだまし、甘やかしてやらないと――生きてゆくのが息苦しくなってくる。

家人が散歩から帰ってきた。

「あ、お帰りなさい。いいお天気でよかったわねぇ、運動すると気持がいいでしょう……」

明るく迎える老妻を、家人はちょっとびっくりしたように見て――それから、

新しい眼鏡の位置をゆっくりなおして、

「ああ、気持がよかったよ」

と、ニッコリした。

お互いに、残された数少ない日々を、なんとかいたわりあって生きようとしている、健気《けなげ》（？）な老夫婦の——これは、ある日のスケッチである。

棄てられる

わが家の自慢のぬか味噌漬《みそづ》けが、また、残ってしまった。食卓の小鉢の中に青い胡瓜《きゅうり》、白い小蕪《こかぶ》、るり色の茄子《なす》が、まだ半分ほど、むくれたような顔をしている。

夕飯は久しぶりのヒレカツ。こぶりの肉はやわらかかったし、薄切りの玉葱《たまねぎ》とトマトのサラダも結構おいしかったが、何を食べても最後は香ばしい番茶に漬きごろのお新香で、お茶漬けサラサラというのが、永年のわが家の決まりになっている。毎朝、台所の寒暖計を横眼で見ながら、夕飯の時間にあわせて漬けこむ胡瓜半分、小蕪一個、茄子ひとつ――それがこの頃残るのは、齢とともに大好きなご飯が減ったせいか――茶碗に半分では、せっかくの漬物もあまるのが当り前、

ということである。

（どうしよう――これ……）

　そのまま捨てるのももったいない、と小鉢を抱えてウロウロしたあげく、とにかく、一応、冷蔵庫に、と扉をあけると……何ということだろう、昨夜の残りの茄子二切、胡瓜三切が小皿の上で侘しそうに坐っている。その奥の小鉢の里芋と鶏肉のうま煮二口ほどは、三日前の食べ残し――すっかり忘れていた。

（仕方がないわ――どうしても食べ切れなければ捨てること――主婦の肥りすぎは、家族たちの残りものを、もったいながって食べるせいだ、とこの間も可愛《かわい》い奥さんが言っていた）

　たしかにそうかも知れないけれど、食べ物を捨てるということは、明治生れの老女にとってはやっぱり、切ない。子供の頃は、ご飯を捨てると眼がつぶれる、と教えられたし、戦争中は、角砂糖三個のお礼ほしさに、喫茶店のマダムに一生懸命、踊りを教えたことが忘れられない。

　とにかく、残すことのないように、と気をつけてはいるものの、なにせ当節は

グルメ大流行。一足外へ出ればどちらを向いても美味しそうなものばかり……。日増しに食の細くなっている老人夫婦の癖に、つい買いすぎてもてあまし……溜《ため》息《いき》をつきながら捨てる、ということになってしまう。

捨てる・棄てる——は、辞書によれば（不用のものとして自分の手許から離すこと。置去りにすること、見放すこと）などとある。食べ切れないものは、つまり不用のもの……やっぱり、捨てるより仕様がない。

（ごめんなさいね）

誰にともなく——つまりはこんにちさま、世間さまにあやまるような気持で、やっと冷蔵庫の残りものを始末した翌日、「豊かさのつけ」という新聞記事を読んで……しばらくはものが言えなかった。ゴミ戦争のおぞましさはいつも胸のつぶれる思いで見ていたけれど、これはまた、ゴミとも言えないゴミの山である。

東京港中央防波堤外側の埋め立て処分場には、賞味期限も切れていない食品をつめこんだ真新しいダンボール箱が山積みされている、という。製造月日から三ヶ月たつと、小売店から製造元へ返されてくる。それ以上、古くなると売れない

らしい。

捨てられるのは食べ物ばかりではない。新品の乳母車もハイカラなマフラーなども——一応、それぞれの理由はあるにしても、永年、ものを大切にする習慣が身についた老女には、どうしても納得がゆかない。使われもしないで捨てられるものが、いたましい。買う側は、ものあまりで、選《え》り好みが烈しくなり、売る側は何が何でも儲《もう》けなければ、とむやみやたらにこしらえる。一体、どうして、こんなことになったのだろうか？

ずっと以前、日本中が高度成長の熱に浮かされていたころ——よもやま話のテレビ座談会に出席したことがあった。

世間話は景気のいいことばかり……五人の出席者の方たちは、

「これからの日本経済発展のために、あらゆるものをどんどんこしらえ、どんどん売ることが何より大切……」

とみなさん、陽気で明るかった。

黙ってききながら、何となく不安だった私は司会者にうながされて、

「でも……むやみにものをこしらえて売りまくるより、一つ一つ、丁寧にこしらえたものを、自分たちが暮らせるだけの値段で売る、ということも大切ではないでしょうか、少々高くても……。そうすれば、どうしてもその品物が欲しくて、やっと買った人は永いこと、丁寧に使うでしょう。その方がお互いの暮らしにゆとりが出来て楽しいような気がしますけれど、どうかしら……」

　言い終ったトタンに評論家のＸさんに叱《しか》られた。

「そんなしみったれた古くさいことを言うと、折角、盛りあがってきた高度成長の波がとまりますよ。景気が悪くなって失業者が多くなったらどうします？　折角高くなってきた土地の値段がさがったら、どうしますか？」

　私は黙った。なるほど、折角、はり切って働く人たち、土地が開発されて喜んでいる人たちをどうしたらいいのか、私にはわからない。結局は、偉い人たちにまかせるより仕方がないのだろうが……何ともむずかしいことである。Ｘさんはその後、間もなく政界にはいられたが、近頃のゴミ戦争の解決に努力して下さっているだろうか。

この頃、棄てられるのは食べ物、品物ばかりではない。それぞれの家で可愛がられていた犬、猫などが、あるとき突然、不用のものとして棄てられたりする。住居の事情もあるだろうけれど、優しかった飼主に急に見限られ、手放されて、文字通り、路頭に迷っている姿は、なんともいたましい。

齢とともに身体の不自由になった老人が、ときおり、家族たちから「不用のもの」という眼でみられるのは、もっと悲しい。苦労して育ててあげた子供たちに、病院からの引きとりを拒まれて「私はここにいるのが一番しあわせ」と弱々しく微笑する老人たちを、どうしたらいいのだろうか。

近頃、アメリカの一部では、老人を「厄介なお荷物」とする世論が強まってきたという新聞記事をみた。ここ数年、保険、医療費が大きく膨張し、その支出の約三分の一を老人が占めていることも、その風潮を煽《あお》っている、という。「アメリカが世界経済で主役の座を取り戻すために必要なのは、老人給付政策を大幅に縮小することだ」というある政治家の言葉に老女の私の心は冷え冷えとした。何故《なぜ》、世界経済の主役にならなければいけないのだろうか？　何故、そのため

に豊かでない老人たちを見捨てなければならないのだろうか？　政治家は、自分の国のすべての人たちをゆたかに、倖《しあわ》せにするために働いてくれているはずなのに……。

どんな豊かな人も貧しい人も偉い人も普通の人も、間違いなく、齢を重ね、老いてゆく。なにかの縁で、永遠の地球のこの一瞬に生れあわせた人間同士——せめて、互いに寄り添って、優しく手を貸しあって生きたい、というのは無理な願いだろうか。そのほかに、どんな「人間の倖せ」があるというのか……わからないことばかりである。

今日も私は台所で、老人夫婦のおままごとのような料理をこしらえている。お米もほんのすこしだけといで……残らないように、棄てないように。棄てるのはいや……棄てないで……私たちもどうぞ、棄てられませんように……。

間に合わない

　毎年、六月一日からは単衣《ひとえ》、十月一日からは袷《あわせ》——という衣更《ころもが》えのしきたりは、昔の下町でもキチンと守られていた。路地の子供たちも、その日が来れば少しくらい寒くても単衣を、ちょっと暑くても袷を——否応なしに着せられた。

　暑がりで寒がりの私は、

「何故この日に着かえなけりゃいけないの？　どうしてなの？」

　などと、むくれたものだったが、母は、

「まあね、世間さまのおつきあいさ」

　と、すましていた。

　そう言えば、平安朝時代は四月一日から夏装束、十月一日からは冬装束という

ことになっていた、と後年、学校の先生に教わった。封建制度の江戸時代は、もっといろいろ細かく決められていたらしい。陰暦は陽暦に変ったけれど、いまも生徒や警官は六月から夏服、十月からは冬服と決まっているところをみると、なるほど、衣更えは世間さまのおつきあいの一つということかも知れない。

もっとも、いつも和服を着ている人にとっては、これもちょっとした気分転換で、けっこう楽しい。私がずっとこのしきたりを守っているのは、そのせいである。

ただ、困ったことに夏冬の衣類を入れ替えるということが、齢とともにひどくおっくうになってきた。決して、お入用おかまいなしの着道楽ではないけれど、永い間の女優稼業――四季一通りのものが、いつの間にか溜ってきた。広くもない家のこと……衣更えの度ごとに、寝室の古箪笥《ふるだんす》と二階の納戸《なんど》の葛籠《つづら》の中味をすっかりとりかえなければならない。持ち重りのする衣類を持って、ヨイショヨイショとはしご段をのぼり降りするのは、老女にとって、かなりの重労働である。とうとう悲鳴をあげて、この運び役は最近、ときどき来てくれる家政婦さんに頼

むことにしたものの——ご用ずみの衣類のあと始末もなかなか面倒。その季節にとうとう手を通さなかったものは、お天気を見はからって、よく風をとおしてから、しまわないと、ひどいことになる。あれは——暗く永い戦争がやっと終って、衣類をつめこんだ行李《こうり》が疎開先からかえされてきたときのこと……嬉しくて、まず、お気に入りの紺地に白い絣《かすり》の縮緬《ちりめん》の着物を引っぱりだし、ヒョイと肩にかけたトタン、ピリピリッとまるで薄紙のように破れてしまった。あのときのうら悲しさ——着物も生きものの一つかも知れない……永い間、手をかけず、息もさせずに放っておけば、いつの間にか命が絶える、ということをつくづく思い知ったものだった。あれ以来、齢とともに着ることもなくなった着物の始末が、いつも心にかかっている。

　もともと地味な下町女。女優といっても脇役だったし——高価なもの、派手なものなど持っている筈もない。好みは小紋や縞《しま》。どちらも永い間、大ぜいの人に好まれて残った柄《がら》だけにはやりすたりのないのが取り柄《え》。テレビの稽古場へ着ていった青海波《せいがいは》の単衣を、若い女優さんに、

「あら、素敵な着物、この模様、今年の流行なんですか、ちょっとフランス風……おしゃれだわ」

などと言われて、二十何年も前のもの、とも言えず、苦笑したことがある。

それでも齢とともに、柄の大きさ、色めの派手さで着られなくなったものも多い。着物は着るもの――箪笥のこやしにしておくのは可哀《かわい》そう。こたつかけ、夜具のおもても、そう沢山はいらない。仕方なく、あんまり和服を着そうもない身近の若い人たちに、少々押しつけがましく引きとってもらったりする。ただし、形見とか、思い出に……などという気はサラサラない。早速、ほどくなり、染め直したりして、何かの役に立ててくれればそれで結構。げんに私も、つけさげをザクザク切って、半纏《はんてん》やどてらにしている。とにかく、着物としての停年後の余生を、なんとか生かしてやりたいと、あれこれ、頭をなやましてしまう。

「私は生涯現役ですから……」とすましているのは、大島紬《つむぎ》、結城紬――糸の一本一本に織り手の心がこもっているせいか、何年たってもシャッキリ、背すじをのばしてデンとしている感じ。

「なんてったって一生もんですからねえ」

馴染みの呉服屋さんにすすめられ、私としては高価なものを思い切って買ったのは三十何年も前のこと。

「洗い張りすればするほど、しんなりして艶《つや》が出ますよ」

と言われたけれど、つい、もったいながって着ることもすくなく、まだ、一度も洗わないものもある。いまや残り日を数える老女にとって、これは何ともせわしない話。あわてて普段着にして、前掛け、襷《たすき》をかけてせっせと水仕事をしているものの、あと何度、洗い張りが出来るだろうか……心もとない。ぐずぐずしてると、間に合わない。たまに出かけるときは、手を通す機会のすくなかったものを選ぶのは、折角こしらえたものを放っておくような不公平なことをしたくないからである。

とにもかくにも、身体は一つ。手許にあるものはせっせと着ないと、寿命いっぱいに——間に合わない、間に合わない。

引っ越しさわぎ

「猫と女は引っ越しを嫌がる」

むかし、下町ではよく、そう言われた。自分の土地や家を持つ人はすくなかったが、貸家はいくらでもあった。男の人たちは、ちょっと飽きれば、サッサと引っ越した。

女の人はそうはゆかない。どんな小さな家でも、家族がそれぞれ居心地よく暮らせるように気をつかい、やっと落ちついた頃に、サァ引っ越しだ、と言われては、どうしても嫌な顔をするようになる。可愛がられていた猫だって、いつも気持よくうたた寝していた明るい縁側や暖かい炬燵から急に追い立てられれば、つい、恨めしそうな眼つきになる。

私も引っ越しは大嫌い。産れ育った東京の下町の家を地震や戦争で焼かれ、こわされ、よんどころなく、荷物を抱えてあちこちウロウロしていたが、終戦後、焼け残った山の手にやっと古い日本家屋を見つけたときの嬉しかったこと。多少の余裕が出来るたびに、台所の揚げ板を直し、天井を貼りかえて、とうとう、四十年あまり住みついた。

「こうして落ちついて暮らせるのも平和のおかげよ、ねえ」

と口癖のように言いながら——齢ごとに重く感じる家中の雨戸も、朝晩、ヨイショ、ドッコイショと夫婦で声をかけ合いながら、どうにかこうにか、あけしめしていた。縁側や廊下が多く、どこからともなく隙間風《すきまかぜ》の吹く木造の家は、むかしものには結構住み易かった。

さして広くもない庭も楽しみの一つ。赤い椿《つばき》、白い椿、引っ越して来たときからあった藤《ふじ》も毎年、長い房をつけ、軒端《のきば》の紅梅は美しく、奥の白梅はいつも大きい実をたっぷりつけて、わが家の梅酒の瓶《びん》は殖《ふ》えるばかり。ご近所づきあいもほどほどに、下町女の山の手暮らしもすっかり身について来た。

今年の梅雨は雨がすくなかった。どんより曇ったある日の午後、縁側で新聞を読んでいた家人が、フッと言った。

「……海の見えるようなところへ引っ越したいなあ」

「え？　引っ越すって――誰が？」

居間で献立日記をつけていた私は、咄嗟《とっさ》に何のことかわからなかった。

「われわれが引っ越せたら、いいなあってことさ」

「私たちが？　どこへ？」

「どこってことはないけれど――海の見えるところに住みたいよ、海はいい
……」

「……そりゃあ、海はいいけれど……」

二人とも都会育ちのせいか、たまの旅行は、いつも海の見えるところばかり……。日がな一日、どこまでも広く青い海を眺めていると――胸につかえているようなことがスーッと消えて、なんとなく晴々する。視野が広くなるせいかしら。

でも――そうは言っても、海を見るためにこの家を引っ越す、なんて……家人

は本気なのだろうか。

「……この頃、よく思うんだ。もう、あといくらもない人生だからね。のんびり、海を見ながら暮らしたいよ。そうすりゃあ、つまらない慾もなくなって、ごく自然に幕をしめることが出来るだろうからね」

どうやら、本気らしい。そう言えば、半年ほど前から体調を崩して病院通いをしている間、いつも何か、考えこんでいた。その横顔が気になっていたが……子供のない老夫婦がどういう風に一生を終えたらいいか、悩んでいたのかも知れない。二人とも、もう八十を過ぎている。

「お互いに、もう、都会の真中で頑張っていることもないんじゃないかねえ、文字通りの余生だからね」

そう――そう言われれば、たしかにそうだと思う。家人が半生をかけた雑誌社を手放し、その後の評論活動もすっかりやめて、もう十年の余。私の女優業も去年の暮に店じまいした。もともと、人づきあいのよくない夫婦のこと――これからは外出することもめったにないに違いない。老夫婦二人だけ、このままこの家

で、いつも向き合い、お茶を飲み、新聞を拡《ひろ》げ、本を読み、ときおり、テレビを見るだけの暮らし……それでいいのだろうか？　価値観が同じだから、二人だけのおしゃべりも結構楽しいけれど――それにしても、人間は飽きる動物である。どんな暮らしも、変化がなければ気が沈む。心のこもった手料理も、毎日、同じものでは、やがては喉《のど》を通らなくなる。

私たちにも、変化が必要になってきた。そして――引っ越しは、大変化ということ。思い切って永い間の身についた暮らしを変え、余計なものはスッカリ捨てて、海を見てのんびり暮らせば、いい幕切れが出来るかも知れない。いえ、そうした方がいいに違いない。

でも――そうは思っても、……四十年住み慣れた家を、パッと捨てられるだろうか。畳《たたみ》にも、襖《ふすま》にも、床の間にも未練がある。風呂場の簀《す》の子も、一昨日、取り換えたばかりなのに……。どうしよう、どうしたらいいかしら。

一日一晩、考えたあげく、心を決めて家人に言った。

「引っ越しましょう。この暮らしを変えましょう。海の見える家をさがして、の

んびり暮らしましょう。その方がいいわ」

気のせいか、家人の顔がサッと明るくなった。

「うん、そうしよう、それがいい」

急に、老夫婦の隠居所探しが始まった。私たちが暮らしを変えることに大賛成のマネージャーY女史が駈けまわった。ただ——何と言っても、人生の予定年数をすぎ、世話する人もいない老人たち——健康のことを考えれば、有料老人ホームの方が……という話にもなったけれど、私が「元女優」だっただけに、ホームの中のおつきあいが、案外むずかしいのではないか、という心配で、結局、二人きりのマンションを、ということになった。

運がよかったと思う——一と月ほどして、葉山の一隅に、のぞみ通りの場所がみつかった。前は海、うしろは山の八階の部屋——窓辺をゆうゆうと飛びかう鳶《とんび》たちを見るだけで、人間社会の憂さを忘れてしまいそう。

「私たちにはピッタリの隠居所ね」

初めてのマンション住い、という心配も忘れてしまった。旧居と新居の買い替

えもなんとか、うまくゆきそうだった。

善は急げ——などと年《とし》甲斐《がい》もなく、はしゃいだりして、八月上旬ごろ引っ越しと決めた。以来、昼も夜も荷物の整理で頭がいっぱい——夢のなかでも、そのことばかり……。

昔の木造家屋は押し入れが多い。天袋、地袋……はしご段の下まで物入れになっている。長い間に、その戸棚のどれもがギッシリいっぱい……必要なもの、不要なもの、使うかどうかわからないものまで押し込まれて……。

弟の家にいた私の母は、八十四歳で亡くなった。母の知り合いの人達に、なにか、形見を……とあけた簞笥には、外出着一枚、帯一本——あとはふだんぎ三枚だけ……どうやら、私が毎年、新しい着物をこしらえてわたすとすぐ、前のものを身近な人にあげていたらしい。

「ここのご隠居さんには、いつも、生《い》き形見《がたみ》をいただいていたんですよ」

身近な人たちは、うなずき合っていた。

私もすぐ母の齢になるのに、不肖の娘ということか、忙しさにかまけたり、未

練があったり——今更、余計なものの始末に困る、というのは何とも気恥ずかしい。マンションは便利でハイカラだけれど、物入れはとてもすくない。新しい部屋で、荷物にかこまれて小さくなっているなんて——しまらない。

「慾張っても、残りは、あと四、五年。その間に必要なものだけを持ってゆくこと」

二人で決めて、洋服は何着、和服は何枚、と思い切って減らしたあと——

「でも、礼服はやっぱり……」などと思案するからおかしい。世間さまのおつきあいは一切やめさせて戴《いただ》くことにした筈なのに……。

家人は書斎から廊下、寝室まで溢《あふ》れている書籍の整理で汗みずく。趣味読書だから、捨て切れない雑誌も山のよう……。

「私たち、ほんとにこれだけ読んだのかしら……それにしては、あんまり利口にならなかったわねえ」

顔見合わせて苦笑しながら——結局、いろんな全集ものをふくめて、七、八百冊を神田の本屋さんに引き取りに来てもらった。

「……この本は私も十回くらい読みましたよ、大事にして下さい」

老舗《しにせ》のご主人は、葉山ゆきという紙を貼った本を、そっと触った。嬉しかった。

それにしてもマンションの、どこにこれだけの本を置けるだろうか。

「心配だけど――でも、手放せないよ」

家人は何度も溜息をついていた。

三面鏡を片づけていた私も気が重かった。新しい家の鏡台はもっと小さくなければ……。三十年の余も馴染んだ三面鏡の抽出《ひきだ》しにはさまざまな櫛《くし》のほかにピンがぎっしり。撮影所やテレビ局、舞台の仕事が終って、といた髪を結髪《けっぱつ》さんに軽くとめて貰《もら》っただけのピンが、こんなに溜って……両手にいっぱい――パサッと、燃えないゴミの袋に捨てた。（さようなら、女優さん）

一番頭が痛かったのは台所の始末だった。茶箱の中の昆布《こんぶ》、鰹節《かつおぶし》、椎茸《しいたけ》などの乾物や調味料は、当座の分だけ持ってゆくとしたが、皿、小鉢はどうしよう……手料理で客をもてなし得意になっていただけに、数ばかりむやみに多い。向うの台所はこの三分の一しかない。考えた末、どうしても必要なものを三人分ず

つ、ということにした。一ダース揃っているものも、五人分あるものも、すべて三人分。私の手料理を面白がって下さったお客様、ごめんなさい。これからは、お一人のときは何とかご一緒に……お二人以上は店屋もので——お魚が新しいから、却《かえ》っておいしいと思います。

　お泊りの方のために、一人分の夜具を残して、あとの蒲団類は、出入りの蒲団屋さんに貰ってくれないか、と電話をしたら、

「折角ですが、いただいても、綿《わた》のはいったものは、時節がら、どうにも……」

と、気の毒そうに断られた。

　売り出して一と月もたてば、もう、古いと言われる時代である。何年も前の靴やハンドバッグを喜ぶ人はいる筈もないし、机や椅子は「欲しいけれど、置く場所が……」ということである。

　結局、有料の粗大ゴミとして何とか……と思案しているとき、Y女史が願ってもない引き取り手を探してきてくれた。テレビ局のドラマの、小道具、衣裳《いしょう》、かつら等を引きうけている美術専門の会社である。

「ええ、何でもいただきますよ」

若い頃、一緒に仕事をしたらしいHさんが張り切って、何度もトラックを乗りつけた。

「衣裳、結髪さんが待ってますよ、おかげで、大正のドラマも安心だ、って……」

縫いとりやしぼりの半衿《はんえり》、蒔絵《まきえ》の櫛、かんざし……家人の古い型の洋服などがそれぞれ役に立つとは、私としても嬉しいこと。とうとう、頑丈な机や椅子まで持っていった――ヤレヤレ。

お盆にはいると、道中、車が混んで動けない、ということで八月八日引っ越しとなった。

荷物はN通運が二度に運ぶことになった。荷づくりに来てくれたベテランは江戸っ子らしく、

「せっかく、東京にこんな家があるというのにどうして遠くのマンションなんかに引っ越すのかねえ、気が知れない」

などと言っていたが――新居へついて、窓から海を眺めたトタン、

「ウーン、なるほど、こりゃいい、年をとったら、こういう所で暮らしたいね。ちょっとぜいたくだけど、夫婦ともよく働いたらしいから……まあ、いいだろう」

とお許しが出た……とY女史が笑っていた。

引っ越しの当日は、気を使うから、と若い手伝いの人たちが心配して、私たちは前日に都内のホテルに送りこまれた。

照りつけるなかで、ご近所への挨拶まわりをすませて――門を出た。しおり戸の傍《そば》の藤の木にちょっとさわって（さよなら）と口の中でつぶやいたときは――胸がつまった。

翌八日の午後――葉山へついたときは手伝いの人たちはもうただ汗みずく。Y女史の指図でそれぞれの部屋に、なんとか荷物をかたづけておいてくれたのは有り難かった。

七時すぎ、車で三十分ほどのサジマ・マリーナで会食をしたときは、老夫婦は

ただもう、お礼を言うだけだった。

それぞれに引きあげたあと――マンションの窓から、暗い海を眺めた。左に三浦岬《みさき》、右に江の島の灯《ひ》がきれいなこと。

「引っ越しは六十まで、って言われているのに、八十夫婦がこの暑さの中で、無茶なことをしたものねえ」

「いそがないと、先がないからね。引っ越しづかれで寝込まないようにしなけりゃ」

「気持よ、気持……シャンと背をのばして、この暮らしを楽しみましょうよ」

テラスへ出て空を見上げると、そこにもここにも星がキラキラ……。

「ヘェー星って、こんなにあったかしら」

「東京じゃ、何年も夜空を眺めることなんてなかったものね」

美しい星たちは人間社会のいざこざを忘れさせてくれる。

新しいベッドの眠りは――深かった。

葬送の自由を

朝、居間の厚いカーテンをあけると……広い海。どこまでも、どこまでも続いている、その海の青さが、眼に沁《し》みる。

永い間住んでいた東京の家でも、起きるとすぐ、重い雨戸をあけたものだった。狭い庭に互いの枝を重ねている松、樫《かし》、槙《まき》……下草の葉蘭《はらん》などの緑を眺めると、なんとなくホッとして前の日のうっとうしい世間の出来ごとがスーッと消えてゆくような気がした。自然は優しく暖かい——ときには、烈しく怒ることもあるけれど……。

海の景色は毎日違う。今日の海のおだやかなこと。陽に照らされて光る波、風におされる白い波——ゆっくり、静かに、まるで微笑《ほほえ》んでいる感じ。鳶《とんび》が五、六

羽、高い軒先をかすめるように、互いに輪を描いて飛びかっている。この辺は小さい魚が多いせいか、毎日こんな姿を見る。

(……この鳶たちはどこから来るのかしら? 日本を含む中・東アジアの産れということだけれど……。自然界は、どこそこの鳥は、どこそこの魚をとってはいけない——などという決まりはないだろうから、みんなそれぞれ、好きなところをこうして自由に飛んでいるということかしら)

ボンヤリ、広い海を眺めながらフッとそんなことを思った。昨日、領海、公海についてのむずかしい話を拾い読みしたせいかも知れない。鳥がうらやましい。人間の世界には何やかや、むずかしいことが多すぎる。

この頃の庶民の悩みの第一は土地のこと。鳥のように好きなとき、好きなところへ行けない人間たちは、どこか決まったところに暮らせるだけの場所を持ち、そこで、自分や家族が食べてゆかれるだけの仕事をしたい……そんな小さい願いがなかなか叶《かな》えられないなんて——侘しすぎる。

私の産れた東京の町では、自分の土地を持つ人は数えるほどだった。それでも

キチンと働いていれば、安心していられた。いつでも、どこにでも、借地や借家が沢山あったからである。この頃は、親から譲られた土地に住んでいてさえ、追い立てられたりする。人間が多すぎるのか、この国が狭すぎるのか、それともすくない土地を買いあさって、お金を儲けようとする人間が殖えすぎたのか、土地の値段は騰《あが》るばかり……。隣同士の境界線は、両家をわける一つの塀《へい》の、内側か外側かとむずかしく、相続税も悩みのもと。

　ある未亡人は、もうかれこれ五年、眠れない夜がつづいているという。働きものの亡夫が戦後間もなく買いとった二百坪たらずの土地――その真中の小さい平家にひとり住んでいるものの、右側の家の長男、左側の家の次男の遺産相続の争いは深まるばかり。優しく、おとなしい老母のそんな辛い思いを不惑をすぎた息子たちは考えたことがないのだろうか。近所の奥さんがいたましそうに囁《ささや》いた。

「以前は親思いの仲の好い兄弟だったのに……土地がむやみに騰ったから、こんなことになったんですよ。急に慾が出てきて――。なんて言ったって、人間はお金に弱いからねえ……」

罪つくりの土地――でも、人間にとって大切な土地。

「それにしたって、東京はもう、人間の住むところとは言えませんよ。人より車が威張っている街です。育ち盛りの子供が遊ぶところもないなんて、可哀そうです。故郷へ帰ります。両親の面倒もみてやりたいし……」

七、八年前、そう言って商事会社をやめたSさんは有能なサラリーマンだったが――自分の仕事についても、疑問をもちだしたらしい。

一年ほどたって贈ってくれた山の幸――見事な長芋に手紙が添えてあった。

「……緑いっぱいの山、澄んだ川。鹿《しか》の親子、雉子《きじ》の夫婦、猿《さる》の仲間――子供たちは大よろこびで毎日、どろんこになって走りまわっています。おかげで息子も娘もすっかり丈夫になりました。親父《おやじ》たちはそれを嬉しそうに眺めています」

明るい一家のしあわせそうな様子が眼に浮ぶようだった。

でも……今年の手紙は違っていた。

「……ひどいことになりそうです。ウカウカしていると、ここも、人間の住むところではなくなってしまうかも知れません。ゴルフ場建設――リゾート法の名の

もとに、ゴルフ場開発の波がここまで押しよせてきました。とにかくわが家は反対運動に懸命です。女房も子供も、近所の人たちと一緒になって……」

　また、ゴルフ場建設——聞くだけで胸が痛くなる。ほんとにまごまごしていると、この狭い国のあすこもここもゴルフ場——庶民は一体どこで暮らせというのだろうか。

「ゴルフの楽しさは、やらない人間にはわからないよ、ゴルフ場が殖えるのは健康の上からも大賛成。目の敵にして反対するのは、非文化人ばかりさ」

　マニアの一人がそう言って胸を張った。たしかに、ゴルフというのはときたまＴＶで見ても面白そうなゲームである。あの広々とした芝生の中の小さな穴に、あんな小さいボールがうまくはいるかどうか——ゲートボールより大分むずかしいらしい。

　けれど——好きな人が好きなことをして遊ぶためだけに、何故《なぜ》、大切な自然を次から次へ無残にこわさなければならないのだろうか。有名ゴルフ場の会員権を数多くもっているということは、社交の上で得をする場合があるだろうし、ゴル

フ場建設は金儲けの有利な手段になるかも知れない。でも……そのためには少々ぐらい地球をこわしたって、なんてことはないさ、まだまだ住むところはたっぷりあるから……そう思いこんでいる人間の浅ましさ――Sさんの手紙は、それを烈しく怒っている。

「……親父もおふくろも、自然保護の運動に何か役立ちたい、ともう、夢中です。なにしろ、いまのままの素晴らしい自然の中に自分の骨を埋めてもらう――それが二人の口癖だったんですから……」

ご両親はたしか、私たちと同年輩――八十をいくつか越えていられる筈。緑ゆたかな森の傍で静かに眠れる――そう信じていらっしゃっただろうに……。

そう言えば、私たちも幕をしめたあとのことを早く決めておかなければいけない……そう思いながら、つい一日のばしにしているのはなんとなく気が重い話だからである。

「とにかく、うちの先祖の墓はここから遠すぎるよ、もう少し近くないと残った方がなかなかお詣《まい》りに行けないよ、どっちも齢だからねえ」

海を眺めていた家人が溜息をついた。この近く、と言っても、この頃は墓地を手に入れることがどんなにむずかしいことか、よくわかっている。お墓のアパートも、ここにはまだないらしい。

「……海がいいんだけどねぇ」

「え？　海？」

「そう……骨を海に撒《ま》いてもらう——それがいちばんいいんじゃないかなあ。海は広いし、骨だけなら、船や魚の邪魔にもならないし——アメリカのライシャワーさんもフランスのジャン・ギャバンさんも遺言でそうしたらしいよ」

「でも、日本ではそんなことしてはいけないんでしょ？　法律でそう決まっているんじゃないの？　石原裕次郎さんのときも、そうは出来なかったって……」

「いや、それがね、よくわからないんだ。遺骨を捨てるのは墓埋法（墓地、埋葬等に関する法律）にふれるけれど、火葬にしたあと、のこった遺灰を海に撒いてもいいのではないか、って新聞の論壇で言ってる人もいるよ、嬉しかったね。ほんとに、いいのか悪いのか、ハッキリして貰いたいな、庶民のために……偉い人

たちだって、いずれは齢をとるんだからね」

「そうよ、お墓は必需品だって、決めつけてばかりいないで……」

「早く決めてくれないと間に合わないよ、われわれは……折角、こんな素晴らしい墓地が眼の前にあるっていうのに……」

「そうよ、ここなら毎日、逢《あ》っていられるのにねえ」

晴れ上った空の下に真青な海がキラキラ光っている。鳶の群がまた……十一、十二……楽しそうに輪を描いて飛んでいる。

髪を慈しむ

髪を染めることをやめて半年あまり――三分の一は白くなった。まっ白になるのも間のないことだろう。

「あんまり度々染めると髪が可哀そうですよ、どうしてもいたみますからねえ」

せいぜい月一回ぐらいに……と馴染みの美容院でいつも言われた。それにしても、染めはじめてたっぷり二十年――年ごとにすくなくなる髪にずいぶん無理をさせてしまった。

ヘヤダイをやめると、髪が生きかえる、ということだったが……この頃毎朝鏡でみる白髪《しらが》はつやがいい。まるで、ヤレヤレと喜んでいるみたい……永い間、ほんとにごめんなさいね、髪さん。

いけないと言われながらそんなことを続けていたのは、黒い髪なら多少は若く見える、ということもあったからである。ふだん、平気で自分の齢を言いふらしている癖に、相手に「それにしては若い」と思われたいのだから、かなり虫のいい話。美容院の先生にまで、「ホラ、亭主の好きな赤烏帽子《あかえぼし》って言うでしょ、わざわざ染めに来るのも面倒だけれど、こうしていると、うちでも機嫌がいいから、つい……」

などと、ときには家人のせいにするなど、われながら、おかしい。

あの頃は、仕事の上でも染めている方が都合がいい、ということもあった。老脇役女優はかなりいろんな役をやった。女将役、姑役、老婆役など、巾《はば》が広かったし、ときには年増《としま》から大老《おおぶ》けまでの一生ものもあって、黒い髪、白い髪と忙しかった。今日は午後から若い方をやるということで、だんだん殖えてきた自前の白髪を、メイキャップ室で黒く染めてもらったりしたが、これが結構、時間がかかった。キャメラもライトも精巧になっているから、仕上げもむずかしい。そこへゆくと、ヘヤダイをした黒髪のところどころに白い毛をさしたり貼ったりする

のは楽だったし、見た眼もそれらしくなったものだった。

（今度の姑役はかなり気が強い人だから……）

すこしでもその感じを出すために、どこをどれだけ白髪にしたら、とあれこれ工夫をした。うまくゆけば、化粧や衣裳、髪型がぐっと生きてくる。酸《す》いも甘いもかみわけた老女将、気位が高くて、いつも嫁と争う姑、お人好しで働きものの祖母——今度はどこを白くしようか、などとあれこれ考えるのも楽しかった。そんな苦労も——いまは、もうおしまい。

さて——今度の私の役は、どういうところだろうか。永い間の華やかな世間から身をひいて、家人と二人、残った月日を静かに暮らしたい、とそっと海を眺めている老女——それは私……私自身。だから、どこに白髪があってもいいということ。自然で結構、自然にまかせよう。

八十五歳で亡くなった私の姉は、寝ついてから、よく枕元の電話をかけてきた。長話の最後はいつも髪の話——若い頃から人一倍、髪を大切にしていた人だった。

「……やっと、きれいな白髪になったのに、チャンと結いあげることも出来なく

て――寂しいわ」

そう――白髪の乱れ髪は悲しい。私はまだ、いまの自分の髪をどう扱ったらいいのかわからない。でも、そのうち、何とか形よく結いあげたい……晴れた日はきれいに洗い、雨の日は、よく梳《す》いて、美しい海にはずかしくないように、傍の人を寂しがらせないように、齢に似合うだけのおしゃれをして――そうしましょうね、私の白髪さん。

聴こえることの大切さ

朝がた、起きようとすると——耳がない、私の耳が……。

（おかしいわねえ、昨夜、寝しなにたしかにここへのせておいたのに……）

手さぐりでサイドテーブルをさがすうち、眼鏡を床に落としてしまった。

「え？　どうしたの？」

となりのベッドから、家人の眠そうな声。

「耳がみつからないの、昨夜ここへのせといたのに……」

「下へ落ちたんじゃないの？」

「落ちたのは眼鏡——こわれなくてよかった」

「耳も落ちてるかも知れないよ」

起きあがって一緒にさがしてくれた。あった——私のベッドから半分ずり落ちている毛布のかげに小さい容器が……その小箱のなかに私の大切な耳——補聴器がはいっている。

いそいで自前の左の耳に、その耳かけ型の機械をさしこんだ。

「気をつけないとこわれちゃうよ、デリケートなもんなんだから……」

家人の声が、今度はハッキリきこえた。ヤレヤレ……この頃は、この補聴器をつけないと、私の一日は始まらない。

眼、耳、口——身体の部品がだいぶ傷《いた》んできたと思うようになってから二十年あまり……眼鏡は二、三年ごとに取りかえたし、歯は何度となく歯科医のお世話になったけれど、耳はあんまり気にしなかった。派手な世界で働きながら、人の噂《うわさ》をまったく気にしないたちだったし、仕事のときは緊張していたせいか、聴こえないための失敗ということもなかった。

ところが——八十歳をすぎたトタン、毎日の暮らしの中で肝心なことを聞き損なったり、家人のしゃれにパッと気の利《き》いた受け答えが出来なくて、しらけた思

いをすることがだんだん多くなってきた。生れつきの低血圧で、疲れすぎると烈しい目まいをおこすところは、メニエール病ではないか、と以前注意されたけれど、忙しさにまぎれて、ついそのままにしていた。

とうとう――思い切って耳鼻科へ行ったが、先生の診断は、

「……やっぱり、お齢相応の耳ですね」

治療すればよくなるということでもないらしいので、なるほど、そういうことか、とあきらめた。ただ、齢といっても人それぞれ――私の場合、まだたしかな家人の聴力をたよりに出来るだけ、しあわせということである。

女優の仕事をやめるというのは、その頃、もうハッキリ決めていたけれど、ずっと以前から出演の約束をしていたテレビドラマがある。補聴器をつけようと決めたのは、その最後の一本を、なんとか無事にやりとげたい、という願いからだった。

耳鼻科の先生の診断書に従って、専門店で耳かけ型の小さいものを選んでもらったが、扱いかたはなかなかむずかしかった。びっくりするほどよく聴こえるか

と思うと、急に何にもきこえなくなり……耳にかけたまま、自分の指先でなんとか調節出来るまで、何日かかかった。夜半、静かな部屋で台本をひらき、台詞の勉強をしていると、なんとなく、他人の声を聞くようで、不安だった。

それでも――ドラマの稽古はどうやら無事にすんだ。相手の台詞も大体おぼえていたせいかも知れない。困ったのは、稽古の間の休み時間――雑談のときだった。補聴器は単純明快。うまくあわせてちゃんときこえるのは一つ、――はっきりしたアルトだけ、他の声はほとんどぼやけて、どれもこれも雑音みたい。

(人間の耳というのは、ほんとにうまく出来てるのねえ……)

みんなの話を、なんとない微笑で聞きながら、つくづくそう思った。高い声、低い声、大きい音、小さい音――それぞれチャンと聞きわけられるなんて……神さまはなんというデリケートなものをおつくりになったのか、などとしきりに感心していると、すぐ横の若いグループの中から可愛い女優さんが、

「……ねえ、先生、そうでしょ？　そうに決まってますよねえ」

と向きなおって言う。演技に関するディスカッションか、それとも、誰かの噂

話か——とにかく、眼の前の大先輩、うるさ型の意見を聞こうということにでもなったのか……。ところがおあいにくさま。私の耳、補聴器のだいの苦手は、若い人たちの甲高《かんだか》い早口である。何のことか、わからないまま、

「え？　そりゃあまあ、そうよねえ、そういうことかも知れないわねえ」

とりあえず、国会答弁のような、無難であいまいな返事をするより仕方がなかった。

「ワーイ、やったあ……先生もそう言ってるわよう……」

女の子は手を叩き、男の子は頭をかいている。ま、いいでしょう、重大な社会問題でもないらしいから、ごかんべん願いましょう。

翌日は本番。髪かたちをあれこれ工夫して、左耳の補聴器をなんとかかくした。一シーンごとに、低く、あるいは高く、ときにはつぶやくような相手役の台詞を聴き洩らさないように神経を張りつめながら——表情は、自分の役柄どおり、気楽そうにのんびりして……とにもかくにも無事にすました。補聴器を使っているとき、何より大切なのは、なんとしても相手の言葉を聴きとろうとする努力——

絶対に、あきらめてはいけない、と言われたが、たしかにそうだと思う。それにしても、かなり、疲れる。女優をやめて、ほんとによかった。

店じまいをしたあとは、テレビをゆっくり見るようになった。補聴器をつけてから、今さららしく感心したのは誰も彼も、ほんとに早口になったということ。私自身、若い頃には早口と言われたけれど、この頃はそれどころではない。トーク番組でズラリと並んだ有名人が次から次へと機関銃のようにくり出す早口言葉は、耳の不自由な老女にはほとんど聞きとれない。

（え？　なあに？　何て言ったの？）

とまどっているうちに、

「ハイ、残念ながら、もう時間がありません。みなさま、本日はお忙しいところをありがとうございました」

司会者のご挨拶で、サッとコマーシャル。結局、その番組が何をねらっているのか、まるでわからない――もし、これだけは是非、視聴者に伝えたい、ということがあった、としても……。ま、仕方がないでしょう、補聴器たよりでは、そ

れぞれの人の声がききわけられないのだから……。

　楽しみにしているテレビドラマでも、困ることが一つ——台詞にかぶる音楽の大きさである。シーンの切れめごとのコマーシャルの大きさは、リモコン操作で逃げられるけれど、大事なドラマのシーンを引きたたせる筈の音楽は、どうにもならない。補聴器を加減すれば台詞がきこえず、台詞をきこうとすれば音楽に消されて……。演出家も音楽家もこれでＯＫしたのだから、これが最高の芸術なのだろう、と思いながらも、溜息が出る。素晴らしい音楽はドラマをどんなに引き立てるか、わかってはいるけれど……。

（こんなことを言っているのではないかしら……）

　音楽の向うで、何か言っている主役の顔をボンヤリ眺めながら、老女はだんだん、あきらめの境地にはいってゆく。聴こえない、ということは、かなり辛いことねえ——などとつい、心の中で愚痴を言いたくなるのは、こんなときである。

　しかし……ものは考えようだから……などと、すぐ、気を取り直すところは、やっぱり、下町女の単純さかしら。いくつになってもかくしゃくとしすぎて、隣

りの部屋の話し声がすっかり聞こえる、というのも、なんだか、可愛げがない。

「この頃、ほんとに耳が遠くなって……」

とつぶやきながら、そっと補聴器をいじっている方が愛嬌《あいきょう》がある、などと負け惜しみを言いながら、毎日、この器具を愛用している。

左のこびんのかげにチラリとみえる補聴器は、言ってみれば、私のイヤリング。女性が両耳につけるイヤリングの大きさも、どうやら限度にきたらしいこの頃——次は、私のように、片耳だけのおしゃれが流行《はや》るかも知れない……。

などと、ニヤニヤしていると、Y女史が、

「……耳のなかへキチンとはめ込める小型の性能のいいのが出来たそうですよ、両方の耳へそれをいれた方が楽なのでは……」

と知らせてくれた。この頃は一般に難聴の人がふえたらしく、いろいろ研究されているらしい。なんのかのと、世間の雑音が多すぎて、一般庶民は、心と一緒に耳が痛むのかも知れない。

早速、左右それぞれのものをこしらえてもらったが、面白いことに——まった

く聴こえないもの、と諦《あきら》めていた右の耳にも補聴器をさしこむと……なんと言ったらいいか——音がまるく、つまり、そっくりそのまま聞こえてくるような気がする。なるほど、健全な耳は左右助け合って、すべての音を正しく受けいれているらしい。

（人間の部品は、ほんとにうまく出来ているのね）

また、改めて感心した。

とにかく、鋭敏な補聴器のおかげで、他人との話もテレビの声も、かなり楽にきけるようになったが——ちょっと困るのは、ニュースやドラマにかぶる音楽のほかに……思わず耳を押えるほど大きくひびくコマーシャル。大声さえ出せば、すべての視聴者がびっくりして買う、という訳でもないだろうに……などと言うのは、老女の愚痴。そのたびごとにリモコンで、消したり、つけたり……少々忙しいけれど——今日も結構テレビを楽しんでいる。

「これからも、どうぞ、よろしくお願い致します。高齢者は殖えるばかりですから。

補聴器研究者の皆様へ。

難聴の老女より」

独りの会話

今度の家の書斎の隅《すみ》に、肩上げをした和服の少女の写真がかかっている。引きつめた束髪の丸顔に、なんとなく考えこんでいるような眼、キュッと結んだ厚い唇《くちびる》——十七歳の私である。ずっと以前、どこかのテレビ局が女学校の卒業アルバムの中から引きのばしたものらしい。たしか、大正十五年（一九二六年）の写真である。

引っ越しさわぎでダンボールいっぱいのスチールやスナップ写真を整理したとき、家人がこの一枚をこの壁にかけてくれた。眼の前の老女と写真の少女——一人の女性の移り変わりが面白かったのかも知れない。

はじめのうちは、こんなものを今更ここに……などと言っていた私も、ときお

りチラッと見るうちに、少女から老女への六十四年間の出来ごとが、とりとめもなく思い出されたりして……胸がふくらむようだった。

山田太一さんのテレビドラマの一つに「想《おも》い出づくり」というのがあった。二十歳をちょっとすぎて、否応なしに結婚に追い込まれそうになった三人の娘が、

「結婚前に、なんとか、コレーッていう想い出が欲しかった。で――」

それぞれの暮らしの中から、ホンの一足だけ踏み出したトタンに、いろんな出来ごとにまき込まれ、次から次へと思いがけないことになってくる。それでも、何とか抵抗しようとする必死の姿が、いじらしかった。世間や家族たちへの気兼ねから、ただ、何事もないように、いつも用心ばかりしている暮らしに少しうんざりして……想い出一つもない青春なんて、もう我慢出来ない……そんな切ない娘たちの気持が、画面からヒシヒシと伝わってきて、そうよ、そうよ、と応援したくなったものだった。

(ほんとにいいわねえ、青春の想い出って……私には、沢山あるわ)

書斎の少女――十七歳の私がそう言っているように見える。そう――しあわせ

なことに、私の想い出は多い。一生懸命生きてきたせいかも知れない。

明治時代の芝居ものの家に生れた女の子は、いわば、おまけだった。台所仕事さえうまく出来れば、それで結構。親たちから、なんの期待もされなかったのがしあわせ。江戸っ子の父は、持ち込まれた縁談の相手が資産家ときくと、

「娘を玉《たま》の輿《こし》にのせて左うちわだなんて、そんなうすみっともないことが出来るか」

と断ってくれたし、母は、

「お前がどうしてもしたいことは、していいよ。ただ、自分で責任を持つんだよ」

そのほかは、何にも言わなかった。

自分で責任を持つ——そのためには、まわりの人たちになるべく迷惑をかけないようによく考えること。そのあげく、自分が痛い目にあったとしても、それは仕方がない——そんな風に心を決めていたから、あげくの果の愚痴は言わなかった。ただ、どうしてもやりたいことは一生懸命にやったし、どうしてもやりたく

ないことは決してやらないように生きてきた。その一つ一つが今の私にとっての想い出になっている。

写真の少女が、なにか言いたそうに見える。え？　なあに？

（あのね、これからの残りの毎日も、今までと同じように気持よく暮らさなけりゃだめよ、いよいよ幕をしめるときの、いい想い出になるように、ね）

（いいこと言ってくれるわねえ、ほんと。ほんとうにそうしましょう、約束するわ）

老女が心の中でそう言うと——気のせいか、少女の眼が笑ったように見えた。

アラ、私もとうとうぼけてきたのかしら。

ぼけない心意気

誕生日を迎えて、また一つ、齢を重ねた。満八十三歳。

終戦直後の辛い暮らしの中で、たった一つだけ得をしたような気がしたのは、年齢を満で数えるようになったことだった。それまでは、生れたときを一歳として、以後、お正月を迎えるたびに一つずつ増える「数えどし」。つまり十一月生れの私は五十日めの新年には、もう二歳ということになっていた。

永い間の習慣で、そのことに別に不服はなかったけれど、満で数えることになったトタン、二歳すくなくなると知って、急に若返ったようで、なんだか嬉しかった。自分の齢をむやみに言いふらす私の癖は、あの頃からついたらしい。満と数えがゴッチャになって、「ええと——あのときは幾つだったかしら……」など

と首をひねることも多かったけれど……。

しかし——一応、喜んではみたものの、よく考えれば、一年ごとに老けてゆくのは、結局、以前と同じこと。そう気がついて、がっかりした。誰にとっても、老いるというのは初体験。はじめて見るわが老いの姿は——なんとも、寂しい。

（ヘェ！　こんなの、ありなの？）

などと、ひとり、驚いたり呆《あき》れたり、ときには苦笑することもある。

今度引っ越した家は畳がすくないから、縁《へり》につまずいて転んだり、脚を折ったりすることはないわねえ……などといい気になっていたら、床と絨緞《じゅうたん》の間にスリッパの先を突っこみ、ペタンと膝をついて、家人を驚かせた。さいわい、たいしたことはなかったものの、気をつけなさい、と叱られた。ほんとに……そういうこと。

居間の片隅に、姿見ほどの大きさの鏡が張ってある。掃除をしよう、としてフッと前を見ると、襷《たすき》前掛け姿の老女が雑巾《ぞうきん》片手にヨタヨタとおぼつかなげに歩いている。え？　これ、私？　——フーンなるほど、齢をとると自然にこういう

歩きかたになるのねえ……などと妙に感心するところは元女優のせいかも知れない。それにしても、誕生祝に贈られた見事な花籠《はなかご》をいそいそと受け取ったトタンに尻餅をついて配達の人にたすけ起こされたのは恥ずかしかった。少々重いと言っても、相手はやさしい花なのに……。

夜半、フッと、自分の老いを嘆く王者、聖人、詩人の言葉が次々と憶《おも》い出されて……胸がせつない。

ま、仕方がないでしょう。あれほど丈夫な金属も、使いすぎれば金属疲労という現象がおきて、やがてこわれてゆくそうだから。二十歳すぎた頃から一日、十万個の脳細胞がなくなる、という人間がこの齢まで生きていればあっちもこっちもガタガタしてくるのは当り前——愚痴を言っても始まらない。老いたものは老いなりの生き方をしなければ……。

ただ、せめて——寝たきりにはなりたくない。そう念じて気をつけて、いまのところ、なんとか暮らしているものの——この上の心配は呆けるということ。八十歳を越えた人の四人に一人は、それを避けられない、ときいている。呆けは一

種の老人病とも言うそうだから、いずれは私たちもそうなるかも知れない……そう思うと――こわい。

しかし――呆けてしまえば、案外気楽かもしれない。いつでも何でも、自分の思ったとおりのことを言ったり、したり、気ままに暮らすわけだからくったくがなくて、本人はけっこうしあわせではないかしら……チラッとそんなことを思ったりしたが、「ぼけ老人をかかえて」という家族たちの切ない訴えを書きつづった本を読んで、改めて胸をしめつけられた。一緒に暮らす人に、こんな思いをさせたくない。

なんとかして、呆けないようにしなければ――八十すぎの四人のうち一人がそうなるとしても、残りの三人のうちにはいりたい。呆けに適切な治療法がない、と言うなら、呆けることがすこしでも遅くなるような予防法を知りたい――いえ、どうしても知らなければ……。

私の切ない願いに答えて下さる本があった。大友英一著『ボケに強くなる――痴呆のすべてを科学する』（講談社・ブルーバックス）である。

　大友先生は浴風会病院院長、老人医学の権威。私はこの本を繰り返し読んで、いろんなことを教えていただいた。
齢をとって呆けるのは、ストレス、配偶者の死亡のほか、病気、怪我がきっかけになることが多いらしい。比較的大きい手術のほか、骨折——とくに大腿骨頸《だいたいこつけい》部《ぶ》骨折が原因となるそうだから——とにかく、転ばないように気をつけなければ……。

　そして、

《ボケはいったんなってしまうと、徐々であっても進行するものであり治ることはない、したがって、予防するに越したことはない》

《一部のボケは予防出来る》

　というのは、ともかく、嬉しい。

　呆けはほとんど例外なく、脳の血管の老化で、これは、子供の頃からいろんな臓器で徐々に始まってるのだから、摂生その他で、その発生を遅くしたり、その程度を軽くすることが出来る、という。

そのために気をつけなければならないことの中に、高血圧、高脂血症（高コレステロール血症）があげられている。私の場合、かなりの低血圧なのに――コレステロール値が高いというから困ったもの。今のところ、呆けの発生がおくれているのは、食生活に注意しているせいかも知れない。塩より酢を好み、毎朝、丼《どんぶり》いっぱいの生野菜を食べ、バターよりマーガリンを好むのも、案外いらしい。ただ、《うどん、そばの汁は出来る限り飲まない》《漬物の量を減らし……》というのは、私の注意事項。家人は多少、高血圧気味なのに、濃いめの料理が好き。料理人の私は、その物足りなさそうな顔にそっぽを向いて、もっぱら薄味オンリー。元来、肉好きの人が、海辺に引っ越したおかげで新鮮な魚類をよろこんで食べるようになったのは、けっこうなこと。

人の身体は使えば使うほど、その部分が発達する――特に脳はそうらしい。読書好き、好奇心旺盛《おうせい》のおかげで私たちの脳は多少、老化がおくれているかも知れない。呆けのすくないグループとして、政治家、開業医のほか、オーケストラの指揮者があげられているのは興味深い。私たちのような普通の老人には真似の仕

様もないけれど、筆まめの人は老化がおそい、というのはちょっと嬉しい話。早速、年賀状に、引っ越しのこと、新しい毎日の暮らしなど、せいぜい、書き添えさせていただいた。（呆ける日が、すこしでも遅くなるように、祈りながら……）

〝張り合い〟ということ

私の母は、泣かないひとだった。

子供の頃、私が兄や弟にからかわれて泣きべそをかいたりすると、

「女は泣いちゃいけないよ、何でもじっと我慢おし、泣いてるとご飯の仕度《したく》がおくれるからね」

いつも、そう言われた。

人間、おなかがすいては何にも出来ない。だから、どんなときにも、みんなに美味しいものを食べさせるのが女の仕事。そして、それが母の張り合いだったらしい。

永い間、ずっと私と一緒に暮らして、ご飯ごしらえを手伝ってくれた母が、戦

後、しばらくして、やっと、最愛の末っ子、加東大介の家へ引きとられることになった。

「……嫁さんも下町育ちだから気が楽さ」

そう言って、とても喜んでいた。

その母が八十歳になったある朝、起きたばかりの私のところへ、弟が電話してきた。

「ゆうべ夜中に、母さんの部屋で何か変な音がするから、行ってみたら……」

母がふとんをかぶって泣いていた――それも、傍にゆけないほど劇《はげ》しくしゃくりあげて……。

「何故だかわからない。とにかく来てくれよ、いそいで……」

とオロオロしている。

ところが――私が駈けつけたときは、母は日当りのいい隠居所の縁側で、のんびり、繕《つくろ》いものをしていた。

「オヤ、早いね、今日はお休みかい？」

と機嫌がいい。

結局──弟には、そっと、

「若いときからずっと我慢してたから、たまりすぎた涙が何かのはずみで溢れたんだろ。心配することはないよ」

と言っておいたが──私の心の隅には、チラッと思い当ることがあった。

はじめて弟夫婦と暮らす母に、私が注意したのは──これからは台所に立たないようにすることだった。

「母さんは料理がうますぎるから、嫁さんが気をつかうかも知れないわ、ご飯ごしらえはすべて彼女にまかせること──嫁と姑がうまく折り合うには、それが一番だと思うわ」

黙ってきいていた母は、

「……そうだね──じゃ、そうするよ」

とうなずいたものの、ちょっと寂しそうだった。

もしかしたら、あのことが母に張り合いをなくさせ、涙をこぼさせたのかも知

れない。やさしい息子、気さくな嫁、きれいな隠居所、広い庭――そして毎日毎晩、あげ膳《ぜん》すえ膳……気をつかうことは何にもなくなった。

昔、子供たちに何とか美味しいものを……と、父から渡されるたしないお金の中で苦労していた母。月末になると牛肉のこまぎれにくず野菜のカレーもどき、お豆腐のおからを油でいためてソースをかけた台抜きのトンカツがよく出てきた。

「どう？　おいしいかい？」

そう言いながら私たちの顔をのぞきこむ母はいきいきしていた――あの頃は、張り切っていたのに……。

　義妹が運んで来た紅茶とケーキを受けとった母は、

「このケーキ、この人がこしらえたんだよ。おいしいよ、とっても……食べてごらん」

　その、やさしい横顔を見ながら、

（もしかしたら……私は余計な注意をしたのかも知れない、料理をするな、なんて……。嫁と姑の間のすこしぐらいのいざこざは、年寄りにとって、ちょっとし

た張り合いになったかも知れないのに……）

紅茶をのみながら——昔きいた親不孝ものの親孝行という小噺《こばなし》を思い出した。

飲む打つ買うの三拍子で、母親に苦労をかけている息子が、意見をする叔父の前でニャッと笑って言った言葉。

「おれの道楽のおかげでお袋はピンシャンしているんですぜ、年寄りなんて、何にも心配することがなくなると、すぐ呆けますからね、これで結構、親孝行してるんですよ」

そう——多少は、ほんとかも知れない……溜息をかくして、母の部屋を出た。

私が、いまのマンションに引っ越すと決まったとき、Y女史に注意された。

「もう、いい加減に台所仕事をやめて下さいね、齢を考えて……疲れますから……」

たしかに、私もそう、その方がいいと思った。それに今度の台所は料理をするには狭すぎる。しあわせなことに、近くに美味しいものを食べさせてくれる店が

沢山ある。おすし、天ぷら、フランス料理などなど。

「これからはせいぜい外食しましょうよ」

家人も賛成して、あちこち、何度か出かけたものの——美味しいものも、つづけば飽きる……。

「ホラ、前によく食べたアレ……アレ、出来ないのかなあ……」

家人の好きな、さつま汁、いかの納豆あえ、きんぴらごぼう——あげたての素人《しろうと》天婦羅《てんぷら》を、行儀の悪い格好で、気どらず、かまえず、ムシャムシャ食べるのは、やっぱり楽しい。

とどのつまり——狭いお勝手で、しゃがんだり、のびあがったり……手伝おうとする家人とぶつかったりしながら、また、ちょいちょい庖丁《ほうちょう》をにぎることになってしまった。食べやすいように、薄く切って柔かく煮こんだとりと野菜のいため煮、好みのだしにいろんな味噌をまぜあわせたしじみの味噌汁など。

黙って食べる家人の顔をそっとのぞいて、

「どう？　おいしい？」

などと、言ったりしている。

生き甲斐と言うと、なんとなくむずかしいけれど——いまの私を支えてくれるのは、ほんの小さな張り合いである……昔の母と同じように。

私はそれを、いつまでも大切にしなければ——そう思っている。

家風

二、三年前のこと――雑誌社の仕事でわが家を訪れた顔見知りの青年が、私の淹れた緑茶を、おいしい、おいしいとしきりに賞《ほ》めたものだった。若い人なのに、コーヒーより日本茶が好きだという。

「実家にいた頃、母が毎朝こういう風に淹れてくれましたからね。この頃の女房のお茶ときたら、まったく飲めたものじゃありません」

三十歳。結婚歴一年。夫婦二人のマンション暮らし。いかにもエリートらしく、頭の廻転も早いし、話の受け答えも如才なく、職場の先輩からも期待されているらしい。

その好青年が、お茶に酔ったのか、珍らしく、新家庭のあれこれを話し出した。

「……いえ、お茶だけじゃないんです。味噌汁だって、まるでだめ。おふくろの味と全然違うんですからねえ。それを言うと……うちの母はこうした、この方がうまい、って逆襲するんですから、まったく困ります」

彼の美人の奥さんはちょっとした商社のビジネスウーマン。結婚後も仕事を続けること、二人だけの家庭を持つこと——というのは、彼が熱烈な求婚の末、ついに射落としたときの条件だったらしい。旧家の長男だった彼が厳格な父母を説得するのはたいへんだった、と彼の先輩が話していた。

「そりゃあ仕事を持っているんですから、家事が充分に出来ないのは仕方がないとしても、結婚した以上、僕の言うとおりにするべきじゃないでしょうか。味噌汁にしたって、わが家の家風に従って……」

「ヘエ……味噌汁にも家風があるの？」

「ありますよ、何にだって……食事のとり方だって、朝晩のお互いの挨拶だって……沢村さんのご実家でもあったでしょう？」

「私のうち？　さあねえ、私のところはどうかしら、なにしろ、芝居ものの家だ

ったから……」

「あ――なるほど」

彼は、大きくうなずきながら、

「そういうお家には、ちゃんとした家風というようなものはなかったかも……」

言いかけて、急に黙ったのは、まずい相槌《あいづち》だと気がついたせいらしい。急に腕時計をみて、

「あ、どうもつまらない話を……では原稿の件、よろしくお願い致します」

丁寧に挨拶をして、そそくさと帰って行った。新調の服、上等な靴――実家はやっぱり、中流の上――ご両親たちは上流の下くらいに思っていらっしゃるかも知れない。

(家風というのは、ほんとはどういうことを言うのかしら……)

台所の仕事の合間に、辞書を開いてみた。

○その家庭のふだんの生活や行事に関する決まったやり方。

○その家庭特有の気風や習慣。

などなど。では家庭というのは？

○夫婦、親子などが一緒に生活する小さな集まり。

○生活をともにする家族の集まり。

とある。

なるほど――私も、夫婦、親子が一緒に住んでいるところで育ったけれど、なになに家《け》と言われるような家庭でなかったせいか、家風という言葉は一度もきいたことがない。

そう言えば、歌舞伎《かぶき》の作者になった父は、一体どんな家で育ったのか――叔母（父の妹）からきかされたことがある。叔母はそういう昔話が好きだった。

話によれば――祖父の代までは、町人ながら格式のある大きな酒問屋だったが、父が幼い頃、天狗《てんぐ》党と称する水戸藩の志士の集団に再三押し込まれ、金品を強奪され、とうとう破産したという。繰り返しねらわれたのはその妻（祖母）の鷲《とりの》子《こ》村の実家が、鳥の子紙と砂金の産出でとても裕福だったが、そのお金を同じ水戸藩の諸生《しょせい》派に貢《みつ》いだせいだった。諸生派と天狗党は烈しく争っていたらしい。

いかにも、幕末の混乱期にありそうな話である。

一方——私の母方の祖父は下《した》っ端《ぱ》の旗本、祖母は大奥のご殿《てん》女中の一人だったらしいが、恋仲の二人は、維新前後のゴタゴタの最中、手に手をとって群馬県の小さい村に駆け落ちした、という。つまり、それぞれの家を捨て、自由を求めたということだろう。私がおぼえている祖母は、いかにもおっとりしていたが、シンが強かったような気がする。

とにかく、三百年の歴史を持つ徳川幕府が、無事泰平に国内を一手に治めるため——それぞれの家柄を大切に守ること——その為《ため》には自分のすべてを捨てることを第一にさせたが、その風習が維新の動乱で、あっという間に、こわれてしまった。

頭のいい、しっかり者と言われた父方の祖母が、格式にこだわる親類たちを説いてまわって、長男——私の父を歌舞伎の世界にいれたのも、可愛い息子をうるさい家柄から切り離し、好きなことをさせてやりたい親心からではないかしら。

私が幼い頃、世間では、

「あすこのお家は世が世なら……」

「もとをただせば、わが家だって立派な」

などとしきりに言う人が多かったが、私は父や母から一度もそういう言葉をきいたことがない。

父が実家からうけついだものは、五月の節句に飾った立派な武者人形だけだったが、それも関東大震災で焼けてしまった。そのときも、一言も愚痴を言わなかった。

これは、江戸っ子の思い切りのよさか、それとも不安定な家柄というものに初めから執着しなかったせいか——ともかく見事だった。家柄とは、先祖代々、その家に備わっていると考えられる尊卑、地位だというから、父に言わせれば、

「俺《おれ》の知ったことじゃない」

とでも言うことなのか……その癖、父の大好きな歌舞伎の舞台では、なにかにつけて「お家のため……」と言っているのに。

　それなら——わが家の親子兄弟はそれぞれにわがまま勝手、したい放題か、と言えば、そうでもなかった。多かれ少なかれ、わが家の暮らし方というものが、やっぱりあった——家風というほどではなくても……。たとえば——人間はみんなお互いさまなのだから、まわりの人が困っていたら、なんとか手助けすること。良いことは自分のせい、悪いことは他人のせいにしないこと。朝、起きたら、まず、他人さまの通る表の道を掃くこと……家の内はあとでよい——などという些細なことだけれど。それでも、家風らしい大切なことの一つに——どうしてもやりたいと思うことはしてもよい、但し、他人に迷惑をかけないこと、一切の責任を自分で負うこと、というのがあった。そのことは、子供のときから繰り返し言われていた。

　女子大生の私が「一生懸命働く貧しい人たちに幸福を……」という言葉にひかれて、新劇運動に加わり、結局、治安維持法に触れて永い未決暮らしをしたあとも、両親は一言も愚痴を言わなかった。世間に対して恥ずかしいとも言わない母は、

「お前のしたことは悪いことではないよ」

と慰めてくれた。兄や弟の励ましの言葉も、もう一度、人生をやり直すきっかけになった。そんなことも、維新の動乱のあと、父と母が寄り添ってこしらえた、小さい家庭のつつましい家風の一つかも知れない。

大東亜戦争も、名家、素封家と言われ、その家柄を誇った家を、数多く破壊した。一家離散したお金持の家の奥さんが、手づくりの和菓子をそっと売り歩く姿も見たものだった。幼い頃、よくきいた言葉、

「世が世なら……」

を、また、幾度もきいた。

「もとを正せば、私の家は……」

と言ってみても——烈しく揺れ動き、右に左に移ってゆく社会で、なかなか、もとには戻らない。もし、戻ったとしたところで、またこわれるのではないだろうか。

そう思えば、家柄も家風も、たいして、気にすることもないように思うけれど

……。

夫婦それぞれが違う家で育った以上、味噌汁の味の好みが違うのは当り前のこと――夫の家とも妻の家とも違う――二人だけの味噌汁の味をつくるのが大切ではないかしら。

よく考えてみると、私の家の味噌汁にも、やっぱり、家風らしいものはあった。父の大好物は、すこし薄めの辛味噌に、お豆腐のおからと油あげ、ねぎを入れたもの。父は「大入汁」と呼び、私たちもほとんど毎日食べさせられたものだが、夫はあんまり好まないし、夫の好きな濃いめの味は私にあわない。結局、甘味噌と辛味噌を適当にまぜた、しじみ汁、大根千六本の味噌汁を毎朝こしらえることになり、それぞれ、けっこう満足している。

食事の仕方も齢を重ねるにつれていろいろ変った。文字通り、老人夫婦になった昨今は、ゆっくり気楽に、少々行儀が悪くても、気にしないことにしている。朝晩の挨拶を二人とも丁寧にかわしているのは……お互いに慰めあい、いたわりあうこころ――それがわが家の家風として根づいている。

家庭とはなに？　家風とはどういうこと？　などと改めて考えてみると別に何ということもない。

つまり、寄り添って住む人たちが互いに気持よく暮らせるようにすれば、それでいいのではないか——と私は思っている。

人づきあいそれぞれ

永い間、住み慣れた家を引っ越したのは去年の八月初め、文字通りの真夏日だった。

額の汗を拭《ふ》きながら隣近所へご挨拶にまわったが、どちらも、急なお別れに名残りを惜しんで下さった。お留守のところは家人が郵便受けに、一言書き添えた名刺をいれた。

このまま、東京を離れる私たちである。どなたとも、もうおめにかかることもないかも知れない――そう思うと急に胸がつまって……いそいで迎えの車に乗った。

新居の二日目、慣れないマンションの暮らしにウロウロしているところへ、以

前の家のあと片づけをすましたY女史が来た——ご近所の方《かた》たちから、それぞれおあずかりした引っ越し祝を抱えて……。おめにかかれなかった方たちからのお言伝《ことづ》てもあった。
「みなさんが、こんなご丁寧なことをして下さるなんて……」
思いがけなさに、家人と顔を見合わすばかりだった。
永いご旅行をなさっていた裏隣りの奥さまからは、間もなくお手紙が届いた。きれいな字で、
《こんなことだったら、お近くにいらっしゃった間に、もっとゆっくりおめにかかればよかった……残念です、なつかしい》
とも書いて下さった。
ほんとにそうだった……読みながら、溜息が出た。四十年あまりも背中合わせに住みながら、高校の先生と脇役女優——それぞれの忙しさにかまけて、つい、打ちとけてお話することもなかった。お互いに、やっと仕事から解放されたときは、もう遠く離れることになって……私も残念だった。

そう言えば――私はご近所のどなたとも、深いおつきあいがなかった。下町育ちの私が山の手に住むようになったのは戦後、間もない頃。その後、周囲はすっかり変って新しい家が沢山建ったが、以前からずっと住んでいらっしゃるお宅も何軒かある。そして、新しい家、古い家に限らず、私がそのお玄関のベルを押すのは、ご家族におめでたか、ご不幸のあったときに限っていた。あとは、毎朝、わが家の横のゴミ収集所でのご対面だけ。しあわせなことに、どなたもほんとに気持のいい方だったが、私は二言三言、ご挨拶をかわすだけで、長話はしなかった。ときどきは、我ながら、ちょっと気になるほど、素っ気ないこともあった。

そういう私のつきあいの悪さは、いつも家事と仕事に追われているためもあったが、ひとつは生れ育った浅草の路地のつきあいかたが、身にしみついていたせい――とも言える。

昔から、下町の人間は情に厚い、と言われたし、たしかにその通りだった。ただ、情におぼれて、むやみに他人の暮らしに踏みこまないように――子供のときから、やかましく仕込まれた。

私の母はおせっかいだった。困るときはお互いさま、というのが口癖で、隣近所になにかあれば、やりかけた洗濯ものを放り出して飛んでいったが——なんとか片がつけば、それでおしまい。何があったのか、だからどうしたのか……誰にも決して言わなかった。

「障子の破れのない家はないからね」

どこの家にも、他人に聞かれたくないことがある、ということだった。

小学生になって間もない私が我が家の前を掃いていると、近所のおばさんが通りかかった。めずらしく、よそゆきを着て、おめかしをしているので、ちょっと大人ぶって、

「おばさん、おでかけ？　どちらへ？」

と言ったものだった。

びっくりしたように私を見たおばさんは、

「え？　ああ、ちょっとね」

そう言いながら行ってしまった。

それを、あとで、得意顔に母に話すと――叱られた。

「誰がどこへ行こうと余計なお世話だよ、人には聞かれて困ることだってあるんだからね」

そういうときは、

「おでかけですか、行ってらっしゃい」

そう言って気持よく見送るだけでいい。

「他人さまとのおつきあいに、差出口はご法度《はっと》だよ、いい気になって余計なことを言うんじゃないよ」

　と繰り返し、教えられた。

（ほんとにそうかも知れない。私だって、むやみにいろんなことを聞かれるのはいやだもの……）

　子供心にそう思って、母の言葉をしっかり胸に刻《きざ》んだ。女優になってからも、それを忘れなかった。

芸能界のつきあいというのは、その頃からむずかしかった。殊《こと》に、なにかにつ

けて興味を持たれる俳優が、仲間同士の深いつきあいを避けたのだから、生意気な女優、冷たい女——と眉《まゆ》をひそめられても、仕方がない、とあきらめた。その癖、下町女のおせっかい癖は治らず、ときどき身の上相談に来たスターが、

「冷たいんだか、暖かいんだかわからない人……」

と首をすくめた。

そんな風当りも齢とともに弱くなり、けっこう古顔になった頃は、

「私は昔からつきあいの悪い女なのよ」

などとすまして言えるようになった。役者になって数十年、仕事のほかに誰ともお茶や食事のつきあいをしなかった。他人の暮らしに踏み込まないかわりに、自分の暮らしにもはいられたくない——そう思ったからだった。人それぞれ、みんな生き方も好みも違うことだし……。

昨年の日本シリーズは西武と巨人の激突だった。初日、やっと切符を手に入れて東京ドームに駈けつけた数万の野球ファンは、みんな、のびあがるように腰を浮かし、一球一球ボールの行方を追い、手を叩いたり、溜息をしたり……ただも

う、夢中になっている。

テレビの画面でそれを見ていた私は、フッと思ったものだった。

(ここにいる人たちは、皆、同じように野球好きだけれど——このゲームが終ればホッとして、それぞれ、自分の生活に戻ってゆくことだろう。その中には、世間のしきたりや福分〈もって生れた運の量〉によって、否応なしに決められた道を歩いている人もあるし、なんとかして、そこから抜け出して自分の好きな方へ行こうとしている人もいるに違いない。つまり、世の中には、ここに映っている人の数だけ、違う人生があるということではないかしら……)

この頃、音楽会や劇場に集まる人たちを見ても、そんなことを思うのは、齢のせいだろうか。

広い宇宙のなかの、小さい、小さい地球にほんの一瞬だけ生きる人間は——寂しい生きものだと思う。ひとりでは生きられない、誰かと手をたずさえて、同じ道を歩きたい……そう願う人が多いだろう。けれど、他人に自分と同じ生き方を押しつけるわけにはゆかないし、自分の暮らしを他の人にあわせるのもむずかし

い。

（一番いいおつきあいの方法は？）

考えたあげく、ゆきついたのは、やっぱり、昔、母に教えられたとおりのことだった。

広い世間の中で、ご縁があってつきあう人たちには一生懸命、やさしくすること。けれど、相手の暮らしに踏みこまないこと。自分と違う生き方を無理に理解しようとしないこと……つまり、お互いにそのまま、そのまま、あとは自然のなりゆきにまかせること。親類縁者の間でも同じこと——というわけである。

兄の法事の席で、久しぶりに長門《ながと》裕之《ひろゆき》、津川雅彦《まさひこ》に逢った。この甥《おい》たちは、私を冷たい叔母、と言う。

「でもね、私たちはお互いに年代が違うから、考えることもかなり違うわけよね、だからチョイチョイ逢うと、つい、そんなことを言っちゃいけない、そんなやり方をするものじゃない……なんて余計な口を出したくなる——そんなうるさい叔母さんより、冷たい叔母さんの方が、あなた達も楽だと思うけれど、

どうかしら？」

そう言う私に、

「うん……それもそうだねえ」

二人は顔見合わせてニヤッと笑った。

人はひとりでは生きられない。けれど――人づきあいというのは、ほどほどに限るのではないだろうか……すこし、寂しくても……。

「もったいなさ」とケチくささ

愛用している真鍮《しんちゅう》のお鍋《なべ》がだいぶ傷んできた。うっかりすると柄《え》がとれそうだし、あちこち少しずつ凹《へこ》んでいる。

（もうそろそろ、年貢《ねんぐ》の納めどき、ってわけねえ）

二十年選手だから、くたびれるのも無理はないけれど、大きさも手頃だし、丁寧に作られているから、使い心地がよくて手放せない。

只今《ただいま》、一億総グルメ時代。テレビも雑誌も料理番組に知恵をしぼっているこの頃のこと——ハイカラなお鍋、しゃれたお鍋、便利なお鍋など、次々に眼移《めうつ》りするほど見せてくれる。その度に、

「へェ——こんなの、いいわねえ」

と感心しながら、相変らず古いお鍋で煮炊きして、家人に笑われている。

「だって……まだ使えるのに、もったいないわ」

そう――その、もったいないという言葉が、ほとんどの年寄りの胸に深くきざみこまれているのではないかしら。下町育ちは、殊に強く、私も私の友達も二言めには、

「そんなことしちゃ、もったいない」

と呟《つぶや》く。そのままでも、まだ役に立つものとか、上手に使えば、もっと値打ちがあるものをむやみに捨てる……それを惜しがる気持である。

昔は、近頃のように街にものが溢れていなかった。家具でも衣類でも、その殆《ほとん》どが手作りで、作る人はその一つ一つに心をこめていた。だから、使うときは、大切に扱わなければいけない、と子供のときから躾けられた。金持の子も貧乏人の子も、もったいないという言葉を、チャンと知っていた。

永く暗い時代――大東亜戦争のもの不足から、その気持がちょっとゆがめられ、むやみにものに執着する人が多くなった。

「あれはケチよ。私たち、もったいながりだけれど、ケチじゃないわよねえ」

この間も、友達とさんざん、そんな話をしたものだった。ケチとは、出すはずのお金やものを惜しむ人——下町では一番嫌われ、鼻つまみにされた人たちである。

その反対の賞め言葉に、

「切れ離れのいい人」

というのがあった。物ごとに執着しないで、自分の持っているものを思い切りよく、まわりに分ける人、金《かね》ばなれのいい人のことを言った。

その人たちの格好よさに憧《あこが》れて、もともとからっぽの懐《ふところ》をたたいて、

「江戸っ子は宵越しの金はもたねえのさ」

などと、むやみに粋《いき》がる若い衆もいた。

それにしても……もったいない、ということをよく知っている年寄りが、切れ離れよく暮らすのは、けっこうむずかしい。あんまりもったいながると、豊かな老後を楽しめないし——切れ離れがよすぎると、みじめな老後になるかも知れな

いし……。

「そりゃむずかしいけれど、どっちも大切よ。この国の偉い人たちもそこを考えてもらいたいわよねえ」

「偉い人って……」

「ホラ、この間新聞に出てたでしょ、税金のむだ使い——あれ、もったいないと思わないのかしら。そのくせ、よその国が困っていても援助をしぶるのよね。あれは、もうすこし、切れ離れよくしてもらいたいわ」

「そう、ほんと、私もそう思うわ」

二人とも、だんだん声が大きくなる。八十すぎの老女がそんなこと……とわかっているけれど、怒るのも一つの健康法、ボケ防止に役立つそうだし——皆さん、どうぞご寛大におきき流し下さい。

(どっちみち、色気のある話など出来るはずもないのだし……)

言葉のトゲ

ゆうべ、夜中にフッと眼が醒《さ》めた。

手さぐりで枕もとの時計をとり、眼をこらして見ると、丁度三時——丑三時《うしみつどき》である。それから明け方までうつうつとして眠れなかった。こんなことはめったにない。

生れつき呑気《のんき》なのか、それとも、何かにつけて諦めがいいのか——床《とこ》についてから、あれこれ悩むこともほとんどない。低血圧の割には眠りが深い。手洗いに行っても、すぐまた眠ってしまう。それが、珍らしく眠れなかったのは——なんともいやな夢を見たせいだった。

夢の中の私は、まだ脇役女優として、なにか、テレビドラマの中でエンエンと

スターの相手をしているようだった。どうやら、一シーン終ったらしく、眼の前のキャメラがちょっと向うへ行った。そのトタン、私は隣りに坐っているスターの耳に口を寄せて、囁《ささや》いていた。

「私――あなたの、あの秘密、よく知っているのよ、ホラ……例のアレ――でも、大丈夫よ、誰にも言わないから――安心していいわ」

そう言いながら、ギョッとしている相手をじっと見て、得意そうに笑うと同時に……眼が醒めた。

なんという夢を見たものだろう……。彼女は昔から、どうしても好きになれなかった人だけれど、それにしても、あんないやらしいいじめかたをするなんて――まさか、自分の心の中にああいう意地悪さがあるとは知らなかった……いくらなんでも、もう少し、ましな人間と思っていたのに……恥ずかしくて、しばらくは胸の動悸《どうき》が静まらなかった。

溜息をつきながら何度も寝返りをしているうちに、フッと思い出した。あれは、たしか三十何年か前のこと――あるテレビ局のドラマに出演していた私が、先輩

の脇役女優から、あの夢と同じことをされたのだった。彼女が是非に、と望んでいた役が後輩の私に振りあてられてから、何かにつけて不機嫌なのはわかっていたが——本番の最中、キャメラの隙《すき》をねらっては、並んで坐っている私の耳に口を寄せ、私が嫌がるようなことを何度となく繰り返して囁いたものだった——ゆうべの夢の中の私のように。あの頃は撮り直しのきかない生本番だったし、何とか台詞を間違えないように、とこちらはただもう必死——演技も上の空だった。

（いくら何でもひどすぎる……）

当時はその先輩が恨めしかったが、ときがたてば——競争の烈しい芸能界のこと、

（追われるものの口惜しさ、辛さもわかるような気がする……）

などと、結構ものわかりのいい大人のつもりで——それっきり、そのことは忘れていた筈だった。

それなのに——夢の中で、そっくり同じことを、今度は自分が他の人にする、というのは、どういうことだろう。

(気に入らない人を、ああやっていじめたら、さぞ面白いだろう)

そんな意地の悪さが自分の中にもあったのか、と思うと、なんとなく、ゾッとした。

どうやら、人間という生きものの心の中には、生れつき、いろんな感情が互いに押しあいながら、ぎっしり、つまっているらしい。天使のように可愛い子供が、ときおり、まさかと思うような残酷なことをしたりするのも、そのせいではないだろうか。無邪気な優しさのまわりに、ねたみ、そねみ、わがまま、野心など、すました顔でうそぶいている。そしてその悪玉《あくだま》は、大人になっても消えるどころかだんだん大きくふくらんで来るというのだから——人間というのは、ほんとに始末におえない厄介な生きものだ、とこの頃、つくづく思う。

「あの人も、齢のせいでカドがとれてすっかり丸くなった」

とか、

「若い頃は鬼のようだと言われた人だが、齢をとって仏になってしまった」

などと言われる人は——齢のせいではなくて、散々苦労を重ねたあげく、自分

の感情を上手に生かしたり、押えたりすることが出来るようになった、ということではないかしら。

人それぞれ、持って生れた運もあるし、好き嫌いもあるけれど——とにかく、この小さな地球の上で、ほんの一瞬、縁があって顔をあわせる人間同士……思うようにゆかなくてイライラするときも、

「いいことはすべて自分のせい——悪いことはみんな他人のせい」

とばかり決めつけるのはどうだろうか。

（私自身は一体、どうなのかしら……）

と、ソッと自分の心をのぞいてみて、我ながら、いやらしいと思うことは何とか押えてゆかないと、短い人生を楽しく暮らすことは出来ない——人間は、ひとりでは生きられないのに……。

だから——私もなんとか、そうしなければ、といつも自分を戒《いまし》めてきたつもりだった。

ところが、ときどき、心の奥の方で、

（でもねえ――そうやって、みんなが年中反省して、まわり中、いい人ばかりになっても、世の中、面白くないんじゃないの……）

などとしきりにブツブツ言っているのは、デンと坐った真面目《まじめ》さのまわりを飛んだり跳《は》ねたりしている飽きっぽさらしい。

（そんなこと言ってはいけないわ）

とおだやかにたしなめる声より、

（だって、そんなのつまらないもの）

と逆らっている声の方が、生気があるのも困ったものだけれど――本当のところ、あんまり立派すぎて泣きどころのない人は、何だか人間味が乏しくて魅力がない。いわゆる「意地悪ばあさん」の方が愛敬《あいきょう》があって微笑ましい、などと言ったら、世間の人に叱られるだろうか。でも――当の相手が眉をひそめ、まわりの人が苦笑いする程度の悪さなら、神さまも許して下さるだろう――人間の中に悪玉と善玉が同居するようにお作りになったのだから……。

あれこれ、勝手なことを考えているうちにゆうべの夢もたいして気にならなく

なった。

昔の人は、

「夢は五臓六腑《ごぞうろっぷ》の疲れ」と言った。五臓は、肝、心、脾《ひ》、肺、腎《じん》。六腑は、大腸、小腸、胆、胃、三焦《さんしょう》、膀胱《ぼうこう》のことだそうな。

老女の私はどれもみんな疲れ切っているのだから、いろんな夢を見るのは当り前。悪い夢は、それを食べてくれるという貘《ばく》によろしくお願いして、気楽に夢を楽しむことにしよう。色のついた夢を見る人は頭がおかしい、などと言われるけれど、きれいな天然色の夢は、やっぱり見たい。

なかでも、是非一度見たいと思っているのは、歌舞伎に出てくる「夢の場」――美男美女の情緒たっぷりの色模様……私が、若い美女になって……。

「でもね、いくら夢でも、それはちょっと無理だと思うよ」

と、家人は笑うけれど……。

惜別譜

南側のテラスに置いた梅の小鉢が、いま、花盛り――海から吹きあげる潮風を小さい身体に一生懸命うけとめて、細い枝に白い花を精いっぱい咲かせているのが、なんとも愛《いと》しい。

半年前、ここへ引っ越したとき、抱えるようにして運んできた四鉢の梅のうち、一鉢は真赤な可愛い花をたった一輪だけ咲かせてくれたが、あとはもう、蕾《つぼみ》もない。残りの二鉢は枝ものばさず、ただ、じっと黙っている。このまま枯れてしまうのだろうか……。

なんと言っても真夏の引っ越し――家人が毎朝手入れをしていた庭の樹も草も、そっくりそのまま置いてくるより仕方がなかった。せめて一本でも二本でも、ど

なたか、同じ花好きの方のお宅へ——と庭師に相談してみたが、首を横に振るばかり……どんな植木も動かせない時期だった。たまたま、古い馴染みの呉服屋さんが、駐車場の隅に少し空地があるから、と「光源氏」「獅子《しし》頭《がしら》」など気取った名前の紅白二本の椿を引きとっていったけれど——うまく根づいているかしら……。

十二月にはいって、塀を隔てたお隣りのご主人がおたよりを下さった。たしか、九十を過ぎていらっしゃる筈だけれど、見事にワープロを使いこなしたきれいなお手紙だった。

私たちの住んでいた家が、もうすっかりこわされた、ということに続いて、

「……今日は大きなパワーショベルが来て植木を根こそぎぬいてトラックに積んで持ってゆきました。何だか寂しい気が致します」

というところで——私は思わず、家人と顔を見合わせた。

「根こそぎ抜いたんですって……きっと、折ったり切ったりして、めちゃめちゃにトラックへ放りこんだんでしょうね」

「そりゃあ仕方がないさ、あの土地を更地《さらち》にするだけの仕事なんだから、植木のことなんかかまっていられないよ」

「だって……ねえ……」

やっぱり、胸が痛む。自分たちが手放した以上、仕方がないとわかってはいるものの……抜かれて捨てられる植木たちが眼に浮んで――辛い。

居間の軒端にあった早咲きの紅梅は、もう蕾がふくらんでいただろうに……。塀ぎわの白梅は、毎年七、八キロの大きい実をつけて、長い竿《さお》で落とすのに大騒ぎだった。蜂蜜《はちみつ》と米酢で漬けこんだ梅酢の瓶がだんだんふえて、引っ越しのとき、ご近所や手伝いの人達に半分押しつけるように、持っていってもらったけれど――今年は固い蕾を沢山つけたままトラックに押しこまれたことだろう。三十近い花を咲かせ、雨の日は傘《かさ》をさしかけてやった自慢の牡丹《ぼたん》、長い房をつけて、道を通る人も楽しんで下さった藤……掌《てのひら》にのるほどの小さい鉢に、押しあうほど咲いた、つましい白スミレ――みんな、どこへ行ったのだろうか。三十年ほど前、家人が箱根の山からもってきた紅葉《もみじ》の双葉も、やっと二メートルほどの大人にな

ったばかりなのに、きっと、大きい松や木犀《もくせい》、樫などの間にはさまれて、トラックにのせられていったことだろう。
(ごめんなさい、庭木さんたち——私たちがいけないのよ、あんなに大切にしていた庭を捨てて来たのだから……。でも、どうしても東京を離れたかったのよ、自分たちに残された僅《わず》かな月日を、海の見えるところで、ゆっくり静かにすごしたくて……あなた達にはすまないことをしたけれど——かんにんしてね)

つい、そんな言いわけをしたくなるような、切ない気持だった。

家人が毎朝、かかさず面倒を見ていたバラ三本と、その傍にあった木瓜《ぼけ》一本だけは、知人が大きめの鉢に植えかえてマンションに運んでくれた——パワーショベルの来るすこし前に……。

早速、遠くまで行って土や肥料を手に入れてきた家人が、ベランダの日当りのいい場所に並べ、朝夕の水やりにも気をつかっているけれど……どうも、バラはなんとなく精気がない。生れながらの育ちのよさで、海辺の荒い風に耐えられないのだろうか。それに比べると隣りに置かれた木瓜は庶民らしい。まるで変った

境遇のなかで、すました顔でセッセと赤い花を咲かせている——華やかとは言えないし、あんまり見栄えもしないけれど……なんとなく、下町の路地に育った私に似て——おかしい。

秋のはじめに、友達が金沢から水仙の球根を持ってきてくれた——案外強い花だから、ここでも咲くかも知れない、と言って……。早速、プランターに植えこんでおいたら、暮近くなって——咲いた……次から次へ、すっきりと可憐な白い花が……。優しそうに見えて、案外しっかりしているらしい。

いま、私の机の抽出しに、三粒の朝顔の種が大切にしまってある。引っ越す前、同じ下町育ちの古い友達が、朝顔市で白、紫、茶などの寄せ植えを買ってきてくれたのだった。か弱い花だし、海辺には無理と思いながら、置いてくる気になれず——膝の上に乗せて車で運んできたのだけれど——おどろいたことに、潮風のなかで、毎朝、見事に咲いてくれた。ついうっかり、取りこむのを忘れ、明け方の強風で鉢が横倒しになったときも、その姿勢のまま、五輪の花を咲かせていた——そのけなげさ。花はだんだん小さくなったけれど十月末に枯れるまで咲きき

ったのは見事だった。今年の夏には机にしまってある種をまいて、また、あんな朝顔を育てたい——それまで私達も元気でいなければ……自然にあわせて優しく強く生きている花や樹を見習うようにして……。

看護婦さんへの期待と感謝を——

朝、鏡台の前の小さい椅子に腰かけて髪を結いながら……なんだか、おかしくなって、ひとり、笑ってしまった。

（まったく、年寄りというのは若い人よりずっと忙しいんだから……）

たった一握りの白髪《しらが》をまとめる間に、小さいヘアピンを、何本、足許《あしもと》に落とすことだろう。拾おうにも、眼鏡がないとよく見えない。ドッコイショと立ち上って、寝台の枕元から持ってきたが、曇っていてだめ。また、ヨイショと眼鏡拭きを探してきて、さて、きれいに拭いた老眼鏡をかけて、床にペタンと坐り、あちこちに散らばっているピンと白髪を拾い集め——傍の戸棚の前までいざってゆき、その取手《とって》につかまって、やっと立ち上って、ヤレヤレという始末。とにかく、齢

を重ねると何でもない毎日の暮らしが、ヨイショ、コラショ、ドッコイショの連続というわけ。記憶力と一緒に、ものを握ったり、歩いたりする力がおどろくほどの速さで衰えてゆくのだから仕方がない。台所でも、軽い布巾や菜箸《さいばし》を年中、落とす。庖丁や俎板《まないた》は、さすがに、しっかり握っているけれど……肩の凝ること。

老人夫婦の食事は、まるでおままごとのように少量だけれど、弱ったあご、ガタガタの入れ歯にあわせて、薄く刻んだり、柔かくゆでなければならないし、それでいて味覚だけは結構残っているから、なかなかむずかしい。わが家の司厨《しちゅう》長《ちょう》の私は老女だから、それでも何とかつとめているものの……若い人だったら、つい、いやな顔をしたくなるかも知れない。子供のない私は、嫁や娘に気をつかうこともないから、却《かえ》って気楽——などと思ったりする。

ただ——どちらか一人、病気をしたら……それを考えると、急に気が重くなる。夫婦とも身体が丈夫な方ではないのに、運よく大きな病気もしないで、寄り添ってなんとか残りの日々を送っているものの——もし、片方が倒れたら、残りの一人は、看病するだけの体力もないし、知識もない。ときどき、掃除を手伝って下

さる近所の奥さんにお願い出来るのは、軽い風邪の手当くらいではないだろうか。その風邪も、こじらすと老人性肺炎になることが多い、と聞くと、心細くなってくる。

「どんなことがあっても、入院だけは絶対したくない」

それが家人の口癖だし、私もそう願っている……とは言っても老人のことだし、絶対とはゆかないだろうけれど、ある程度の病気なら、なんとか家庭で療養したい──そう思っている年寄りはけっこう多いのではないかしら。近頃は、入院していても、ある程度恢復《かいふく》すれば、自宅療養をすすめられる、というし、住み慣れたわが家へ帰ったために快方に向う病人の気持も、よくわかる。

それにしても──わが家のように、看取る人がいないときはどうしたらいいのだろうか。この頃は家族と離れて暮らす老人たちも多いことだし……。

(看護婦さんが自宅へ出張してくれたら、本当に助かるのに……)

齢とともに自分の身体が弱るにつれて、心細くなった私が、ある日、新聞の家庭欄の一隅に、訪問看護婦という文字を見たときの嬉しかったこと──そういう

ことについての知識のまったくない私は、早速、渋谷神宮前の社団法人・日本看護協会にお願いして、いろいろ教えていただいた。

（訪問看護婦は、看護婦や保健婦の資格を持っていること。家族のプライバシーを厳しく守ること。患者の病状の変化を正しく判断しながら、安楽に、そして張りのある療養生活が出来るように……そのために、家族が無理をすることもないように、専門知識と確実な技術、新しい情報を駆使して療養生活のお手伝いをする……）

なるほど――そうやって支援して下さったら、どんなに嬉しいことだろう。しかも、ひとりで仕事をするのではなくて、病院や市町村がうしろ楯《だて》になっている――というのも、頼もしい。

訪問看護婦さんは、そうやって、病人の生活、楽しみの見つけ方や、家族の心配など、細かいことについても相談に乗って下さるが――していただけないこともある。例えば、

（家族代りに、一日中、その家にいること、とか、医師の行なう筈の診断、ある

いは、財産の管理はしない……）

というのも、納得出来る。訪問看護の効果をあげるためには――家族が気安く、親友に対するように心を開いて、ふだんの姿そのままを見せるのが何より必要というのも、よくわかる。私も、そういう風にするように心《こころ》懸《が》けなければ……と思ったものの――いざというとき、どうすれば来ていただけるのか……とにかく、それが知りたい。

（訪問看護は、市町村自治体が無料で提供している保健サービスの一つだから、老人福祉担当係に申し込めばいい。電話や郵便で頼むことの出来る市町村もある）

それは、老人にとって嬉しいこと……とホッとする一方――保健所や役所にお願いすれば本当に来ていただけるのだろうか？　何日も何ヶ月も待つのではないだろうか？　などと、つい、疑い深くなったりするのは、何かにつけて手続きの面倒なお役所仕事に疲れ果てることが多いせいである。無料というだけに、訪問看護をうけられる資格も、かなりむずかしく、せまいのかも知れない。最近は福

祉組織やボランティア団体、あるいは少数の民間会社で訪問看護を有料で提供してくれる、というのは心強いけれど、費用の決め方についてはむずかしいことがあるらしい。多少の持ち金をはたいても、是非、来てもらいたい老人が多いことだし、なんとか、そういうところが殖《ふ》えますように……と、祈る気持になる。

　そんなとき、気にかかるのは、その道の先輩、ベテラン看護婦の言葉である。

「……医療機関が訪問看護を実施しているのは、全国中でまだ点の域を越えていない」

　つまり、それほどすくない、ということ。世界有数の高齢者社会と言われるこの国が、何故《なぜ》、そうなっているのか……新聞、雑誌、テレビで一日に何回となく「高齢者」という言葉をきくのに……。その原因の一つが、慢性的な看護婦不足にある、ということが、私にもだんだんわかってきた。

　九一年二月号の「婦人展望」誌に樋口《ひぐち》恵子さんが「豊かな日本——貧しい介護」ということを書かれている。その中の、看護協会前理事の言葉、

（医療の高度化と地域医療などへ看護職の仕事が拡がっているにもかかわらず、

基準は昔のまま。そこへ五万床のかけこみ増床。日本は人手にお金をかけず、医療法改正は人手について配慮していない。国民の安全に必要な人手は国費で養成すべきだ)

つづいて、訪問看護婦さんは言っている。

(在宅重視で地域の訪問看護の仕事が殖えているが、身分は保健所の委託契約で、月間、一件につき六六〇〇円、社会保険、年金一切なし……将来が不安定。夜間や休日など自分は患者に対応したいと思っても〝上からの指示・管理〟のためにできないことばかり)

読んでいて、なんだか悲しくなる。こういうことについて、看護学校教授は、

「自分の命にかかわる職業なのに、患者や市民の側から共感を寄せた声が何故あがらないのだろうか。夜勤が月に八日から十日。三十代までに三分の二が、燃えつきてやめてしまう……」

その理由の中に、中年になったら上らぬ給料、医者対看護婦、患者対看護婦の問題がある、という。医者に学歴や経験を求める患者が、看護婦にはピチピチギ

ャルを求める、ということもあるらしい。なるほど——と溜息が出る。

たしかに——どうしても看護の手の必要な私たち老人が黙っていてはいけない。看護婦さんについてもっと知りたくて、看護協会のパンフレット「看護、ヒューマンパワーの危機」を繰り返し読んだ。

一口に、看護婦不足というけれど、それにはふたつの理由があるらしい。病院が募集しても集まらなくて採用出来ない「求人難」がひとつ——もうひとつは、看護の仕事がふえる一方なのに、看護婦定員がすくなすぎる「人手不足」ということである。高齢者が殖えるばかりのこの数年、その深刻さは増すばかりという。

病人の弱った身体、落ちこんだ気持が、看護婦さんの優しさでどんなに慰められるものか……入院、通院にかかわらず、担当医のほかに、頼りにするのは看護婦さん。半年間の病院生活から、やっと自宅へ帰ることの出来た老女が、しみじみ言っていた。

「ほんとうに、看護婦さんというのは、どんなに優しくても、優しすぎるということはありませんねえ。私は親切な看護婦さんのおかげで生き返ったような気が

するんですよ……若い人でしたけどねえ」

最近の、多くの若い女性たちにそんな優しさがあるのだろうか？　私は、ある、と信じる。人間は一人では生きられない。誰かに、何かしてあげたい……そういう気持は誰の心の底にも、あると思う。病人を優しくいたわる、というのは、そういう人にとって、やり甲斐のある仕事。入院していた母親を、明るくいたわってくれる看護婦さんを見て、

(私も大きくなったら、こういう仕事を)

と思い込む少女は、かなりいると思う。「求人難」というのは、その数を上廻るほど、急に病院の数が殖えたためらしい。現在、日本の人口一万人についての病院数は、アメリカの倍以上——というのに、尚《なお》、どんどん殖えつづけている、という。それが、利殖のためでなければ、老人や病人にとっては嬉しいことだけれど……とにかく、看護婦さん不足のために起きる問題が多いと言われる。医療の方法が日増しに高度化するための「人手不足」は患者にとっても辛いこと——病院の中を走りまわっている姿を見ると、つい、枕もとのベルを押すのも気がひ

けてしまう。

　きたない、きつい、きけん——の、いわゆる３Ｋが若い人たちに嫌われるのも無理のないこと。その上に、給料が安く、休みがすくない仕事である。それでも——その道を選ぼうとする人たちのために、世の偉い人に、もっと、もっと、考えてもらえないだろうか。何年、何十年も前に決められた病院の看護婦定員数を、現在の実情にあわせて殖やすこと、とか、看護婦養成の大学や短大をもっと設けること——など。この頃は、高学歴指向の若い人が多い。すこしでも高い技術を学びたい、と願っているのに、そのための学校がすくなすぎるらしい。「多くの病床と、高度の医療を維持しながら、医療費を抑制する」という政策の結果が——看護婦のすくなすぎる定員、そのあげくの過重労働、安上りの養成——ということになっている——ということを、その社会を司《つかさど》る、頭のいい偉い人たちが見落としているのは、なんともおかしい。それぞれの役所に、お互い、むずかしいなわばりがあるのかも知れないけれど……。とにかく、殖えるばかりの老人たちが、長命を喜べるように——息子や嫁や娘たちが、その人たちの世話に疲れ

果てることのないように……なんとか「緊急対策」をお願い出来ないものだろうか。

つい、この間きいたサラリーマンの話——気の強い母と無口な妻の折り合いが悪く、毎日気が重かったが……その母親が、病気になったとたん、息子より嫁を頼りにするようになった、という。若い頃、看護婦をしていた彼女の行き届いた介護が、姑のかたくなな心をすっかり、ほぐしたらしい。上手に、しもの世話をしてもらいながら、

「この人のおかげで、治るような気がするよ。なんてったって、看護婦さんだもの、安心して、まかせておけるからねえ」

と、そっと嫁を見る眼の優しいこと……。

ひとりっ子で、ちょっとわがままで気の弱い彼は、五歳の誕生日を迎えたばかりの自分の息子も「絶対、看護婦と結婚させます」

などと、なかば、本気で繰り返していた。

そういう優しい嫁や娘のいないわが家では、一日も早く、看護婦さんの数が殖

えるようにお願いするより仕様がない。「訪問看護婦制度」が、近く国会で決まるというのは本当だろうか。決まったら、すぐ実施されますように……いそいで戴かないと――間に合わない老人が沢山いることをお忘れなく――世の偉い方たちに、切に切にお願い致します。

内裏雛からの回想

今年も、三月にはいるとすぐ、マンションの居間にお雛さまを飾った。東京にいたときと同じように、飾り棚の上にこぢんまりした雛壇を組み立て、赤い毛氈《もうせん》を敷いて並べた五センチほどの土雛《つちびな》たちは、相変らず、白くつやつやと美しい顔をしている。

金屏風《びょうぶ》の前の台座に坐っている男雛は、もしかしたら、こんなことを言っているかも知れない。

「ねえ、ホラ、見てごらん、今年は外の眺めがまるで違うよ、あれは海だよ、きっと」

女雛もうっとりと、見とれるように、

「アア、あれが海なのね、青くて、広くて、きれいだこと――初めて見たわ」

三人官女、五人囃子《ばやし》、左右大臣、仕丁《じちょう》たちも、みんな眼を丸くしているよう……。

同じ金屏風の前に同居している、三センチ足らずの一刀彫の夫婦雛は、ちょっと、すまして、

「そうですよ、あれが海……きれいでしょ。私たちは夏、ここへ引っ越してきてから、ずっと見てるんです、暑い間賑《にぎ》やかでしたよ」

などと、得意そうな顔をしているように見えて、おかしい。たしかに、この木彫のお雛さまだけは、いつでも、どこでも、一年中、居間の飾り棚に坐っている。私の育った家では、男の子のお節句は賑やかに祝うけれど、女の子の雛祭りはしなかった――芝居ものの家にとって、女の子はおまけだったから……。この内《だい》裏《り》さまは、修学旅行に行った私が、奈良でみつけて、おこづかいをはたいて買ってきた大切な宝もの。戦後、疎開荷物の中から見つけたときの嬉しかったこと。一年中、飾っているのは、永い間放っておいた私のお詫《わ》び心というわけ。

土雛の一揃いは、母からの預かりもの——お誕生日を待たずに亡くなった母の初孫の形見である。私の兄と、最初の妻との間に生れたその女の子は、母が御所人形とよんでいたこのお雛さまに似て、ほんとうに可愛らしかった。母はその子を思うと、どうにも手放せなかったらしく、戦争が終ってしばらくして、私の家から、末っ子の弟のところへ引きとられるとき、つづらの奥から、この土雛を出して、

「永い間、しまったきりだったけれど——これからは、あんたがときどき飾ってやっておくれ、可哀そうなあの子の供養《くよう》になると思って……たのむよ」

　そう言って渡された。私はそれまで、一度も見たことがなかった。

　それからは、毎年、わが家の飾り棚で雛祭りを迎えるようになったが——その美しい顔を見ていると、私はフッと、亡くなったその幼女より……その子の母親を思い出す。

　関東大震災の翌年、彼女が私の兄と結婚したときは十八歳——兄は十九歳だった。下谷《したや》の芸者屋の養女で売れっ妓《こ》の半玉《はんぎょく》（まいこ）だった彼女に初めて逢っ

たとき、私はドキンとした。白く透きとおるような肌、黒く大きい瞳《ひとみ》、赤く小さい唇、ほっそりと小柄な……まるで日本人形そのままの美しさに——兄が夢中になるのも無理はない、と溜息が出た。

芝居ものの私の父は、当時、歌舞伎の若女形《おやま》としてメキメキ売り出してきた兄の、早すぎる結婚に大反対だったが、兄はどうしてもきかなかった——それまでは父に対して口答えひとつしたことがなかったのに……。

「あの人と結婚させてくれないなら、役者をやめて、家を出てゆく」

と言い張り——兄の熱心な後援者だった彼女の養母も、そのひたむきな恋にほだされて、私の父を説きふせたあげく、とうとう、その春、内輪で祝言があげられた。

私の母は、やさしく微笑むばかりの彼女を——すこしおとなしすぎる、と心配していたが、私は、兄があんなに愛しているのだから大丈夫、と信じていた。それから半年ほど、狭いわが家で一緒に暮らしていたときの、この若夫婦は、それほど、むつまじかった。その頃、やっと十六歳になった私は、

（恋というものは、なんて素晴らしいものだろう――私も、いまに、恋をしたい）

そう思いこんだものだった。

震災で下町の芝居小屋はほとんど焼け、兄は四谷の大国座にずっと出ていたので、二人の新居もその近くに決まった。私は家庭教師の仕事が忙しく、めったにそこへゆかなかったが、二年近くの間に、いろんなことがあった。兄の人気はあがる一方だったが、彼女の妊娠、出産――祖父母たちを有頂天にした玉のような女の子は、はじめての雛祭りがすむと間もなく、思いがけないはやり病で亡くなってしまった。兄が映画界へ引き抜かれたのは、それから半年ほどあとだったろうか。

兄夫婦は話が決まるとすぐ、京都の撮影所近くへ引っ越したが――不慣れな世界で、どんな苦労をしていたか、私は知らない。兄が活動写真の役者になることを頑強に反対していた父は、ほとんど京都へゆかなかったし、私は、嫁の苦労を心配する母を、何があってもきっとうまくやるに違いない、恋人夫婦なの

だから、と慰めていた。一年あまりの間に、兄の映画が次々と封切られ、父の機嫌もすっかり、よくなった。

大正から昭和に変って間もなく、どうにか、上の学校へ行くようになった私が——胸がつぶれるほど驚かされたのは……兄夫婦の離婚の知らせだった。父が慌てて京都へ飛んで行ったときは、彼女はもう、東京の実家へ帰されたあとだった、という。何があったのか、何故《なぜ》、急にそんなことになったのか——父も母も、何にも言わない。

(あんなに愛しあっていたのに……あれほどの恋が、そんなにはかなく消えてしまうことがあるのだろうか……)

兄が結婚したときと同じ、十九歳になっていた私は、ただ溜息をつくだけだった。

その私が、もう一度、驚かされたのは——兄の代りに、彼女の実家へ謝まりにゆけ、という父の言いつけだった。

「だって……私は何にも知らないのに」

「知らなくてもいい、ただ、謝まってくればいいんだ――あんな大騒ぎをしたあげく、一緒になったっていうのに……今更、俺が行けると思うか……」

母も、ただ、お願いだから、兄さんの代りに謝まってきておくれ、と言うばかりだった。そして、とうとう、その役目を引きうけさせられた――大学一年生の私が……。

　重い足で彼女の実家の格子戸をあけ、どうにか、茶の間へ通してもらったが、本人がいないらしいのが、せめてもの救いだった。彼女の養母は、長火鉢の向うで斜《しゃ》にかまえて煙草を吸っていた。

　何故、こんなことになったのか――ほんとうに何にも知らない私は、ただ、畳に両手をついて謝まるばかりだったが――相手は、一言も、ものを言わない。私の方を見もしない。

　どのくらいたったかしら――たまりかねた私は、とうとう、前の晩、ひとり考えていたことを、思い切って口に出してしまった。

「何にもわからないのに、こんなことを言って、生意気ですけれど――兄も嫂《ねえ》さ

んもほんとに優しくて、いい人です。どっちがいいとか、悪いとか言うことじゃないと思うんです。ただ、折角、神さまが結んで下さった、二人の間の赤い糸が……何かのはずみでプッンと切れてしまったのではないでしょうか。あんなに愛しあっていただけに……愛情がなくなった二人が、無理に一緒にいても、却って辛いと思います。二人とも、まだ若いんだし、もう一度、お互いにやり直した方がいいような気がするんですけど……どうでしょうか」

そんなことを、一息に言った……夢中で、ただ、一生懸命に……。

母親の顔が、フッとゆるんだ。名妓《めいぎ》と言われ、情の世界を知りつくした大年増である。世間知らずの小娘の必死の気持を、哀れに思ったのかも知れない。

ゆっくり、煙管《きせる》を叩いてから、じっと私を見て、

「そう——そうだね、いやになったものを無理に一緒にさせといたって仕様がない。わかりました。よござんす、あとの始末は改めて人をやりますって、お父さんにそう言っといておくれ……可哀そうに、若い娘にこんな役目を押しつけて。ご苦労だったね、気をつけてお帰り」

思いがけずやさしい言葉におくられて、外へ出たトタン、足がふるえて、しばらく歩けなかった。あの日の茶の間の様子は、黄八丈の座蒲団まで、いまだに眼に残っている。

辛い役目はこうして、何とかすましたものの、その晩も眠れなかった。

(恋というのは、もしかしたら、誰しもがかかる病気のひとつかも知れない……恋の病《やまい》と言うくらいだもの。でも、それでも、私は恋をしたい、いつまでも醒めることのないような、熱い恋を……)

芝居や小説の中の恋――一生、その恋を抱きつづけた人たちは、ほんとうに、いるに違いないのだから――朝まで、そんなことを想いつづけた。

それから、かれこれ二十年近く――私にもいろんなことがあったけれど……恋は出来なかった。身を焦《こが》すような熱い恋など、ほんとうは滅多にないのかも知れないと、いつか、あきらめるようになっていた。

その、めったにない恋を、二十年の間、ひとり胸に秘めていた人がいる、と知

ったのは、戦後、しばらくしてからだった。私が、弟夫婦と一緒に兄の劇団を手伝っていたときのこと——日本海側の町の小さな芝居小屋に、はるばる東京から、一人の女性が訪ねてきた。兄が四谷で舞台に出ていた頃からのファンで、花束を持って楽屋を訪ねてきたとき、私も逢ったことがある。私と同じ年頃で、化粧をしない地味な素顔にキチンとまとめた髪、絣《かすり》の和服に白い衿——つつましい姿とやさしい微笑……中学校の校長先生の娘さんときいたあとで——なるほどと思った。母親は小さいときに亡くなったらしいが——何かのはずみで、たった一度だけみた兄の舞台姿が忘れられず、よく、きれいな字の手紙をよこしていたらしい。映画界へはいったときは、お祝いの花束を持って京都を訪れ……兄が二度目の結婚をして子供が出来れば、可愛らしい玩具《おもちゃ》を手に家を訪ね、兄や家族と、ほんのひととき、世間話をして、すぐまた東京へ帰った、という。兄にとっては、一年に一度か二度、顔をあわせたときに思い出すだけの——永いファンということだったらしい。

太平洋戦争がだんだん烈しくなってからは、ずっと、たよりもなかった、とい

うが、私が久しぶりに旅先で逢ったときは、さすがにやつれていた。いまにも降り出しそうな雪空に、やせた身体を固くしていたけれど——こざっぱりした身なり、丁寧な物腰、やさしい微笑は、昔と変らなかった。

芝居がはねたあと、遠慮する彼女を私たちの宿へ誘って、一緒に食事をした。

やっと、暖まったのか、彼女は小さい声で、

「ほんとに、こんなところまで来たりして、申し訳ないんですけれど——お別れに、もう一度だけ、どうしてもおめにかかりたくて……」

と自分から言い出した。父親のたってのすすめで、近々結婚することになったという。相手はかなりの年配で、不自由な身のまわりの世話をするために望まれた結婚ときいては……お祝いの言葉も、なんとなく言いにくかった。

　黙って、お茶をのんでいる兄をじっと見て、

「……でも、おめにかかれて、どんなに嬉しいか……これで、気持がおちつきました。私も永い間、自分の勝手なことばかりして——父にも、みなさんにも、ご迷惑をかけましたし……今日はほんとにありがとうございました」

そのまま、近くにとってある宿へゆく、と言う彼女を、私は無理に引きとめて——私の部屋へ案内した。襖《ふすま》をへだてて、隣りは兄の部屋だった。私は、ずっと離れた、弟夫婦のところに寝た。

翌朝、私が起きたときには、彼女はもういなかった。帳場に一人分の宿泊代を払って、始発の列車に乗ったらしい。しばらくして起きた兄は、何にも言わなかった。私も弟も、何にもきかなかった。

(彼女の一生の恋に、たったひとときのしあわせがあったとしたら……嬉しいけれど)

そう思うだけだった。

いつものように、今年も三月の終りに——私は、飾り棚のお雛さまをしまった。雛祭りがすんだらすぐ片付けないと、婚期が遅れる、という言い伝えは、わが家には縁のないこと。永い間、狭い箱にとじこめられた土雛さんに、一年中、外の景色を見せてあげたいけれど——飾り棚は狭い。木彫の内裏さまだけは、隅の方

に、そっとすわらせた。

それにしても、お雛さまご夫婦は、いつも仲よく寄り添って、ほんとに、おしあわせなこと。昔は男雛は向って右、女雛は左ということになっていたけれど、この頃は、右、左、逆になっている。大正天皇のご即位のとき以来、そういう習慣になったそうな。近頃は男女同権——どちらでも結構。

ひとつひとつ、丁寧に紙につつんだ土雛の木箱を、家人が押し入れの奥にいれてくれた。

（ではまた、来年のお雛祭りにおめにかかりましょうね。その日まで、私たちも、元気に寄り添っていられますように……）

心の中で、そっと祈った。

陽気な老夫婦

今日は木曜日――家人が台所で食器を洗っている……私の白いエプロンをつけて。

「火、木、土は僕の当番ということにしよう……あと片づけぐらい手伝うよ」

ついこの間、夕食後に急にそう言い出したのは『男子、厨房《ちゅうぼう》に入るべからず』で育った明治男の家人。そして、その思いがけない申し出を、

「あ、そう、ありがとう。じゃ、お願いするわ」

と至極あっさり受け入れたのは『家事一切は女の仕事』と、きびしく仕付けられた明治女の私である。

ほんとは少々気が引けたけれど――この際思い切って甘えさせてもらうことに

した。なんと言っても老齢のこと——手慣れた水仕事も、この頃はさすがに疲れやすく……家人もどうやら見兼ねたらしい。

食事をすますとそのまま、

「では失礼して……」

と、のうのうとソファで新聞を拡げてみると——まことに、ラクチン、ラクチン。

なにしろ、世界一長寿と言われるこの国の年齢のリミットも、あっさり越えてしまった老夫婦二人だけの暮らしである。残された短い日々をなんとか楽しく、まわりの人に迷惑をかけずに生きるためには、お互いに助け合うよりほかはない。

それにしても、一緒に暮らすようになって四十年あまり——ずいぶんいろんなことがあったけれど、

「よく、ここまで続いたもの……」

と顔見合わせて笑っている。

あれは——十何年か前だった。あるテレビドラマの本番最終日、私の娘役の主

役スターがその日に限って落ちつかず、何度かNGを出した。無理もなかった――彼女はその仕事がすむと間もなく、結婚することになっていたのだから……。相手も才能ゆたかな大スター。美男美女の熱烈な恋愛は、まわり中から祝福されていた。

母と娘の永いシーンがやっと終ってホッとしたトタン――彼女は私に顔を寄せるようにして、小声で言った。

「ね、お願いですから教えて下さい。この頃、折角結婚したスターさんたちが、よく離婚するのは何故でしょう？　私はいやなんです、あんなの――絶対離婚したくないんです、ね、どうしたらいいでしょう？　秘訣《ひけつ》を教えて下さい」

思いつめたようなその問いに……私はすぐには答えられなかった――簡単に言えることでもなかったし……。最後のシーンの用意が出来たらしく、助監督さんが呼んでいる。

「ね、お願い――早く教えて……」

彼女にせかされて――やっと……、

「そうね、大切なのは……いつまでも一緒にいたい、と思うことじゃないかしら」

期待した先輩の言葉が、なんともたよりなく聞こえたのだろう――彼女はあいまいな顔でうなずき、そっと溜息しながら立上った。気の毒だったけれど……私には、ほかに言いようがなかった。

豪華な披露宴《ひろうえん》をすましたあとの、しあわせそうなご夫婦を、私も遠くから、ほほえましく眺めていたが……何年かたって、やっぱり、別れてしまった。多分、もう、一緒にいたいと思わなくなったのだろう。

男女の仲というものは、ほんとうにむずかしい。恋というのは、一体、なんだろうか？〈恋わずらい〉と言うところをみると――やっぱり、あるときフッとかかる男女の間の病気のような気がする。

〈恋は曲者《くせもの》〉〈恋は思案のほか〉とも言う。何時《いつ》、どうして、何故その病気にかかるのか――誰も知らない。そのくせ、その病気に憧れ、心の中で、その患いを待っている人が多いのだから――どうもわからない。

もっとわからないのは——その烈しい想いが、やっと実を結び、一緒になれて、しあわせいっぱい、ピッタリ寄り添って暮らすうち……赤い恋の色が少しずつ褪《あ》せてきて……しまいには相手の顔を見るのもうっとうしくなったりすること。なんとも悲しいことだけれど、そんな例がこのごろ、ことに多い。

どうやら、烈しい恋も強い愛も——お互いにそっと優しく育てなければ、いつかは消えてしまうような、デリケートなものらしい。

(なんとか、永く一緒にいたい)

そう願った私たち夫婦は……どんなに好きでも、相手が息の出来ないほど、追いつめないように気をつかった。めぐり逢う以前のことを決してせんさくしないのも——それを知ったからと言って、どうなることでもないとわかっていたからである。

それでも、ときどき喧嘩《けんか》をした。生きてゆく上で何が大切か、という価値観はまったく同じなのに、些細なことで争ったりするのは、二人とも、自分の思うことをハッキリ口にするせいだった。

家人は何事にも几帳面《きちょうめん》で潔癖だけれど、どちらかというと情の人。私の方は、かなり、いい加減なところがある意の人——というところだろうか。家人が「女の癖に……」などと決して言わないのをいいことに、考えていることをとことんまで言ってしまう。

ただ——こちらは単純な下町女……相手の意見もよく聞いて、自分の方が間違っていると気がつけば、すぐあやまるのが、せめてもの取り柄。そのせいか、話がすめばきれいサッパリ——あとくされがない。齢をとると、とかく頑固になりやすい。自分でも、それだけは心がけてきた。

それにしても——老いるというのはなんとも侘しい。若い頃、映画やテレビで老け役をしたときは、あれこれ工夫して楽しかったのに……現実にその年齢になってみると、なんとも辛いことばかり。鏡の前でいくら拭いても自前の皺は消えてはくれない。一緒に暮らす人へのエチケットとしての気持ばかりの薄化粧も——もう間に合わないという感じ。溜息して眼をそらし、テレビの画面のイキイキときれいなアナウンサーやインタビュアーを眺めると、なんとなくホッとする。

美人は女性の心もなごませる——まして、男性は……。

「ホラ、ちょっと見てごらんなさい、また、素敵な美人があらわれたわ」

この頃は、ブラウン管に新人が映るたびに、新聞を読んでいる家人に声をかける。

「……ウン、なるほど——まったく美人が多くなったね、みんな、なかなかしっかりしたことを言うし……」

すこしずつ、ごひいきも殖えてきた。

結局、家人の見る楽しみ——眼の法楽はテレビにまかせ、私はひたすら、口の法楽を受けもつことにしている。

食べるというのは、お金や権力になんの興味も持たない老人に残された、たった一つのいじらしい慾だと思う。私たちは美味しいものが大好き——そのために、齢と共に減ってゆくという舌の味覚……味蕾《みらい》を大切にしている。いい加減なものばかり食べていると、その味蕾がどんどん消えてゆくというからこわい。残りすくない人生を「味もそっけもない」ものにしたくない。

昭和四十一年から書き始めた大学ノート「私の献立日記」も、もう三十四冊目。いまだに朝夕の食事を毎日、飽きもしないでこまかくつけているせいで、何とか、片寄らない献立がたてられる。もともと、あんまり丈夫とは言えない私たちが、この齢まで大きい病気をしないですんだのは、食事を大切にするせいもあるのではないかしら。

少しでも余計に食べられるように、何でも小さく薄く刻んだり、いろいろとり合わせて色どりよく並べてみるけれど——どんなご馳走《ちそう》も、何日もつづけば、つい箸もすすまない。人間は飽きる動物である。

「だって——これはあなたの好物じゃないの……」

などという台詞は禁物。朝のサラダひとつにも変化が大切。季節やお天気にあわせて、いま食べたいものを自分に丁度いいだけ……気取らず、構えず、ゆっくり味わうのが年寄りのご馳走。歯もすっかりガタガタになったし眼もうとくなっている。こぼす、残す——の行儀悪さは、お互いに知らん顔。

「世間で通用しないことが大手を振ってやれる——そこが家庭の値打ちというわ

けさ」

などと、陽気な老夫婦は、すましているから――文字どおり後生楽。

食事がすめば、新聞・雑誌――お互いにいつまでたっても好奇心が旺盛。ニュースを聞いては、

「これは一体、どういうことなの……」

と怒ったり、嘆いたり……

「地球はこの先、どうなるのかしら」

と心配したりして――おしゃべりの種はつきない。

多少のつきあいは、夫婦の仲でも大切。家人の好きな将棋や野球はルールを教えてもらったおかげで面白さがわかってきたし、私のごひいき番組――鳥や動物の生態を家人も一緒に楽しんでくれる。ただ――どうしても嫌いなものは無理にすすめないことにしている。例えば、家人がボクシングに夢中になっている間、私は失礼して読書。自由も大切にしなければならないから、あれこれ忙しい。

何億年も、広い宇宙に浮んでいる星のひとつの小さい地球。その片隅のこの国に、同じ頃に生きて、やっとめぐり逢った男女二人——よくよくご縁があったらしい。

「生命のかぎり、一緒にいたい」

そう願って……高血圧で寒がりの夫と、低血圧で暑がりの妻は——今日も互いの老齢をいたわりあい、声をかけあい、すこしずつ、ゆずりあって……よろめきながら、暮らしている。

亡母の憶い出

押し入れの手箱を片づけていると、しまい残した母の写真が、一枚、出てきた。東京の家の庭で軒端のしだれ梅を見上げている横顔……真白な切り下げ髪は、たしか、八十をすぎた頃である。私もいま、その年ごろ——親娘《おやこ》とは言え、おかしいほど、よく似ている。

母は花が好きだった。弟の家へ引きとられてからも、わが家の狭い庭の牡丹や藤をよく見に来たけれど……長居はしなかった。ひとしきり花を楽しんだあとのお茶を飲みながらの話は、いつもきまって、

「こんなに長生きしてしまって、みんなに世話をかけて、なんだか悪いねえ。私は子供運がよくて、しあわせだよ、ほんとに」

年よりらしい愚痴は言ったことがない。

鏡台の前で、白髪《しらが》を撫《な》でつけてあげると、

「さあ、さあ、きれいにして貰ったし、花も楽しんだから、もう帰りましょう、忙しい家に、いつまでも邪魔してるわけにはゆかないからねえ」

そう言って、腰をあげ、待たせておいた車で帰っていった。

たしかに、あの頃は忙しかった。私は映画とテレビのかけもちで、毎日、眼がまわるようだったし、家人は新しい会社の仕事で駈けまわっていた。

母は、見送る私に、

「二人とも忙しいのは結構だけれど、身体だけは大切にしておくれよ」

そう言うだけだった。

（ほんとは、もっとゆっくり、昔ばなしをしたかったのかも知れないのに……）

あの頃の母と同じ齢になったいま――写真を見ながら、つくづく、そう思う。

あれは――戦争が終って、四、五年たったときかしら。珍らしく、生きのいい鰹《かつお》が手にはいったので、やっと咲いた藤を見に来た母に、昼ごはんをすすめた

ことがあった。

「まあ、まあ――何年ぶりかねえ、鰹のおさしみなんて……見事だねえ」

お膳の前に坐ったまま、しばらく眺めていた母が……やがて、ポツンと言った。

「父さんに食べさせてあげたかった……」

ほんとに……そう言えば、鰹のおさしみは父の大好物だった。根っからのうまいもの好きで「初鰹は女房を質《しち》においても」などと言っていたのに――八十四歳で亡くなったのは終戦の翌年……その頃は小魚の干物もなかなか手にはいらなかった。

「そうよねえ、こんなの食べさせてあげたら、眼を細くして喜んだでしょうに……」

そう言いながら、母をみて、ドキンとした――両の眼に、いっぱい涙をためている……泣いたことのない母が……。

(ほんとに、父さんが好きだったのだろうか――仲のいい夫婦とは思えなかったのに)

歌舞伎の狂言作者をしていた父が、三十五歳になって、やっと嫁を貰う気になったのは、子供が欲しいからだった。固い親類たちの反対で舞台に立てなかった父は、子供をみんな役者にすることに決めたという。そのために貰う女房は、身体の丈夫な働きもので、頭がいいこと――それが、生れてくるはずの子供を一流の役者にするための絶対条件で、器量は並《なみ》で結構、というのは、

「俺の子供に、不器量なのが出来るはずがない」

という自信のせい――やせぎすで色白のすっきりした二枚目だった。

二十五歳まで、伯母の家で家事手伝いをしていた母は、知りあいの古着屋の口ききで、父と一緒になった。目鼻だちがはっきりして、まずまずの顔立ちだったのに、ひどく野暮ったく見えたのは、色が黒かったからだという。ほんの真似ごとの三三九度がすんだあと――生れて初めて化粧をした母は、父に、

「色の黒いのが白粉《おしろい》を塗ったところは、まるで、ごぼうの白和《しらあ》えだな」

と、からかわれた。母は、それっきり、一生、化粧をしなかった――もの心つ

いた私が見たのは、朝から晩まで、なりふりかまわず、ただ、働く姿だった。毎晩のように花柳界へ出かける父に、黙って着物を着せかけ、下駄《げた》をそろえた。

(母さんは、父さんのこと、別に好きじゃないらしい)

そう思ったこともあった。

「ほんとに、おいしいね」

やっと、いつもの明るい顔で箸をすすめる母を見ながら、フッと——すっかり忘れていた母の宝物を思い出した。

私が十か十一の頃のこと——母が、

「いいものを見せてあげようね」

小さい声でそう言って、押し入れの奥から出した箱に、一枚の半衿がはいっていた。

「わあーきれい」

薄い紫地の縮緬に青紫色のりんどうの花、緑の葉の縫いとりが——見事だった。

「父さんがね、昔、私に呉《く》れたんだよ」

あんな嬉しそうな顔をみたのは初めてだった。

「りんどうの花って、いつ見てもいいねえ」

そう言えば——笹りんどうは、父が大番頭をしていた歌舞伎の大幹部、沢村家の紋所《もんどころ》。この半衿は、ごひいき筋への配りもののひとつ、ということは、小娘の私にもわかった。父は軽い気持で母に渡したのだろうけれど……母にとっては、最初で最後の、夫からの贈りものだったに違いない。

「母さん、どうしてこの衿、かけなかったの？」

しばらく黙っていた母は、

「……私は色が黒くて野暮天だから、こんなきれいなもの、似合わないよ。お前がもうすこし大きくなったら、あげるからね」

りんどうの衿を、丁寧にしまいながら……呟いた。

「私の宝物ってわけさ」

その宝物はその後の、関東大震災で焼けてしまったけれど……母は、やっぱり、

心底父が好きだったらしい。

　父と同じ八十四歳で亡くなった母の墓前に、りんどうの花を供えながら、

(もっとたくさん、父さんの話をきいてあげればよかったのにねえ……)

　心の中で、そう言うと――しっかりものの母の声がきこえてくるような気がした。

(いいんだよ、そんなこと――みんなそれぞれ、いろんなことがあるんだから……あんたも齢をとったからって甘ったれないようにしなさいよ)

　あとで、家人にその話をすると、

「お互いさまにね……」

　と、笑った。

生きのびて今…

あれは、どんな芝居だったかしら……。

「月日のたつのは、早いものじゃ」

歌舞伎の中のその一言の台詞を、この頃、しきりに思い出す――ときには、一日に二度も三度も……。

ほんとうに、月日のたつのは早い。齢を重ねるにつれて早くなる。八十の坂をすぎてからは、まるで時間が駈け出してゆくようで、追いつけない感じ……。老女の一日は瞬《またた》く間にすぎてゆく。

窓辺に立って、キラキラ光る、おだやかな海を見ながら、フッと考えた。

（ずいぶん永く生きてきたけれど――私は一体、何をしたかしら……）

その間には、たしかにいろんなことがあった。でも——改めて振り返ると、何にもしなかったような気がする。何をしたらいいのか、結局わからなかったから……何にも出来なかった。

あれは、二十何年か前のこと——ロケーションで熊本へ行ったとき、旅館へ着くのを待ち兼ねたように、東京の新聞社から電話があった。前の日に渡してきた、私のコラムの原稿のことだった。

丁度、その頃、中国にプロレタリア文化大革命が起きたので、そのことについての感想を書いたのだけれど——新聞社としては、外国の内政に触れるようで載せられないから、至急、ほかのものとさしかえてもらいたい、という電話であった。

その晩、いそいで、昔の映画の思い出など、さしさわりのないことを書いて送ると、翌日、ＯＫの返事が来た。

ホッとしたあと——何だかおかしくなって、笑ってしまった。たかが女優のコラムである。外国の政治について批判らしいことを書く筈もないし、また、書け

もしない。

たまたま、うちの茶の間で何気なくスイッチをいれたテレビの画面に、何万、何十万の若い男女が、手に手に毛沢東語録をかざして、意気揚々と歩く姿がエンエンと映った。

その本に、どういうことが書いてあるか、まったく知らなかった。また、知りたいとも思わなかったが、ただ――この道をまっすぐ歩けば、すべての人間はみんなしあわせになる、と教えてくれるようなものがあったら……そうして、それを一途《いちず》に信じられたら、どんなに嬉しいだろう……と、輝くように明るい若い人たちが、無性にうらやましくなり――その気持を書いたのだった。

ほんとうにうらやましかった。私は、あの人たちの年頃には、

（人間は、一体、何のために生きているのかしら？　これから、どういう風に生きたらいいのだろう……）

と、ひとり、ウロウロしていたからである。

芝居ものの家に生れた女の子……おまけの私は、家事の手伝い、兄や弟の世話

など、しなければならないことは沢山あったけれど……心は自由だった。父から期待されることもなかったし、守らなければならない家風も、世間体への心配もなかった。

「ひとさまに迷惑をかけないこと、自分のしたことに自分で責任をもつこと――それさえ守れば、好きなことをしてもいいんだよ」

母が、家庭教師をしながら学校へ通う私に、そう言ってくれたのは嬉しかったけれど――さて、自分の生きる道を自分でさがすのはむずかしい、ということが、だんだん、わかってきた。

（どっちを向いて歩いたらいいのかしら）

誰かに教えてもらいたかった。

教会へも通ったし、新興宗教の話もきいたけれど――なんとなく、ついてゆけなかったのは、私の育った家に、そういう雰囲気《ふんいき》がなかったせいかも知れない。大きい神棚も祭ってあったし、仏壇もととのっていたけれど――父が毎朝、その前で手をあわせるのは、ただ、暮らしの中の一つの習慣にすぎなかった。

（どういう仕事をしたらいいのだろう）

悩んだあげく、私が選んだのは、教師の道だった。遠い静かな村で、可愛い子供たちの相手をしながら生きよう……それが文学少女の夢だった。

その資格をとるために、やっと、父を説き伏せて通った学校を卒業間際にやめたのは、その美しい夢が破れたからである。（教師はいつも清く正しくなければならない）そう思いこんでいた私は、一つの椅子をめぐる先生たちの醜い争いが許せなかった。なんとも、幼稚で潔癖な娘だった。

次の夢は——新劇運動。

「一生懸命働く貧しい人たちに幸福を……」

そのスローガンに動かされ、今度こそ、そのために一生を捧《ささ》げよう、と固く決心したのだったが、次々といろんなことが起こるたびに、人間という生きものの弱さが身にしみてわかってきて、また、夢が破れた。幻滅した。

政治について、まったく無知だった私を導き、自分自身、鉄の規律を守っていたはずの先輩たちも、結局、私と同じように弱い人間と知って……悲しかった。

挫折《ざせつ》して、立ち上れなかった私をやさしくはげましてくれたのは、苦労をかけた母だった。

「お前のしたことは、決して、悪いことじゃないよ」

その一言が嬉しかった。

「ありがとう、母さん……そうね、悪いことじゃなかったわねえ」

気をとり直して、自活のために映画界で働くようになったが——あの運動に青春をかけたことは、いまも後悔していない。

ただ、齢を重ねるにつれて……考えるようになった。

(だれもかれも——すべての人たちがしあわせになるような、そんな理想社会を作ろうとするのは、所詮《しょせん》、無理なことではないかしら……)

人それぞれ——夫婦、親子、兄弟姉妹も、性格や好みは別。小さい地球にひしめきあって生きている人たちの、生れた国、育った場所によって違う、生活習慣。はげしい貧富の差。信じている宗教も多種多様。その人たち、誰もが欲しいと願っているのは——一体、どういうものだろうか。

人間らしく暮らすための——環境、食べるもの、着るものなどのほかに、是非にと望んでいるのは、おそらく、人間の自由ではないかと思うようになった。

「自分たちの好きな暮らしかた……自分らしい生き方をしたい」

この頃、テレビや新聞を見るたびに、そういう声がきこえてくるような気がする。

すべての人が自由に生きられる……そんな社会が、いつか、ほんとうに来るだろうか……。

海の向うに落ちてゆく真紅の夕陽《ゆうひ》を、拝みたいような気持で眺めていると——テラスで植木に水をやっている家人の声がした。

「今日の夕陽は格別きれいだね……落ちかかると早いけれど……」

「そうね、ほんとに……あっという間に落ちてしまうわねえ」

私たちに残された日もめまぐるしい早さですぎてゆく。

(ほんとに何にも出来ない一生だった。でも、それでいいと思う——私なりに一

生懸命生きてきたのだから……）

これから——最後の幕がしまるまで、海を見ながら、ひっそりと寄り添って、自分たちの好きなように、自由に生きたい——私たち老夫婦は……そう願っている。

寄り添って死後——著者のあとがきにかえて

大橋恭彦

「いよいよ補聴器を買う決心をしたの、あした一緒に行ってくれないかしら」

「ああ、いいよ。あれは輸入ものもいろいろあるらしいし、なるべく性能のいいのを選ばないとね」

ある日、夕食のあと私たちはこんなやりとりをかわした。そういえば近ごろ耳が遠くなったのではないか、とフト眉をひそめる動作が多くなっていた。白髪《しらが》も目立ってきた。

「八十を過ぎたんだし、そろそろ女優生活ともお別れね。一生懸命やってきたか

ら悔いはないわ」

などと、カミさんはこの日も生来の屈託のない明るい表情で、サバサバしていたが〈老い〉が難聴という形で目前に忍び寄ってきたことには、同年配の私もちょっぴり気が重かった。

現に私もそのころ、突然庭先のバラの木に横倒しに倒れ、腕やふくらはぎにトゲがささり、すぐには起き上れなくて、大声でカミさんを呼ぶ、そんなアクシデントに見舞われていた。高血圧のせいだと診断されて、しばらく医者通いをして、今は小康を得ているが、体重も五十キロを割ったまま日が過ぎている。そしてカミさんは翌年（一九八九年）の十一月になって、六十年近い俳優生活からの引退を決意した。

多分、日常の立ち居、振舞いが個々の役どころのイメージに、そぐわなくなりつつあることの自覚と、難聴のイライラがその引き金になったのだろう。永年の女優生活の中で体得した彼女なりの、演技の美学に従ったカミさんの潔《いさぎよ》さに、さわやかなものを感じて私も同調した。だが一抹《いちまつ》の寂しさは残った。

大勢の先輩や同僚の人たちから、心のこもったねぎらいと惜別の言葉を頂いたというパーティの和やかな雰囲気を、その夜自ら進行役を買って出てくれた黒柳徹子さんから、ことこまかに聞かせてもらった。

後刻、それが体調をくずして一人留守居をしていた私の心情を察して、つぎのステージへ急ぐ車の中からの電話だったと知らされて私はあらためて黒柳さんのやさしい心づかいに感動した。今もその夜の、「すごい盛会よ、大盛会よ」と昂奮《こうふん》した彼女の声が耳の底に残っている。なによりも女優仲間の連帯と、あつい友情がうれしかった。

その後、カミさんは新潮社から引退後の心境を身辺雑記風の読みものとして書くスペースを与えられた。

いつものように家事の合い間をみて、二枚三枚と書きため、ようやく第一回目の原稿をまとめあげた。

「一年間の連載ものだし題名がむずかしいから、これを読んで考えといて……」

そう言って、エプロン姿になりそそくさと夕食の支度に立って行った。

あくる朝、私は、

（少し甘ったるい感じがしないでもないが「寄り添って老後」という、多くの高齢者家族の心の底にある素朴な願望を、すんなりタイトルにしたら多様な老人家庭の、暮らしのあれこれが自由に書けるんじゃないかと思う。これはその第一案）

と走り書きのメモを手渡した。

カミさんは、この題名では、寄り添って生きようにも当の伴侶《はんりょ》に先立たれ、孤独な老残の日々に耐えて心細く暮らしている数人の女学校の同窓生のことを想《おも》うと、ちょっと気がひけるけど……と言っていたが、来合せた編集部のK女史も賛成してくれたようである。

ここには敗戦後の貧しさと、前途不安の時代に結ばれてからの、四十余年にわたる私たちの生きざまは、ほとんど省略されている。

当然、私のようなはんぱ人間と連れ添ったばかりに、さんざんな労苦を強いら

れた味気ない心情的な回顧にも触れていない。このあとカミさんが、往年の素顔に戻って新たな構想の回想記を書きはじめるか、それとも八十を過ぎてペンを捨てた私が、おぼろげな記憶の糸玉をくりながら、孤立無援の二人きりで歩みつづけてきた東京での再出発の感懐を書き残すか、はまだ話し合っていない。今は二人がこの後、いわゆる寿命いっぱい何年生きられるか、という現実的な課題に当面しつつなんとなく平穏に明け暮れしている。

　去年の春、私は原因不明の高熱で、ひと晩中呻吟《しんぎん》し続けて、年上の老看護婦を当惑させたが、昨今これといった気がかりな症状もなさそうである。カミさんも、

「ゆうべは夜中に胸がドキドキして二時間ほど眠れなかった。病院からいつかもらっていた貼り薬で楽にはなったけれど」

　と間欠的に襲ってくる無気味さと持病の低血圧と闘っているが、なんとか十時半就寝、七時半起床のリズムをくずさないでいる。

　櫛の歯がこぼれるように、という比喩《ひゆ》は少し古めかしいが、手元の人名簿の中から親しい友人や知己の名が、次ぎ次ぎに消えてゆくのは、なんともやりきれな

い。

D大学の教授になって一年あまりスペインに滞在していた大島正も、帰国の翌年、糟糠《そうこう》の愛妻を残してぽっくり死んだ。彼は私より十年は若かったはずである。上京するごとに西原の家へやってきて、カミさん手づくりの惣菜《そうざい》料理をよろこんで食べていたらいらくな彼の高笑いがなつかしい。

もう一人、無駄ばなしにゆくよといってやってきては、お茶ばかり飲んで、菓子や果物には手をつけず、専《もっぱ》ら健康を気づかっていた新劇俳優だったSも、ある朝、ちょっと歩いてくるといって出かけ、三十分後に路上で息を引き取った。私と同い年だっただけに、妻君から泣きながらの電話をきいた時は、胸が痛かった。臨終の前夜、妻君に痛い、苦しいと叫びつづけ、ベッドでのた打ちまわった義弟の加東大介の場合も、彼が人一倍、家族おもいだっただけに、ひとしお哀れだった。

年をとると今日一日が無事に過ぎた、というたったそれだけのことが、ひどく

貴重に思われてくるものである。

ある朝、目が覚めたら隣りのベッドが空っぽになっている、いつまで待っても空っぽのまま。私たちにもこんな朝が来ないという保証はない。

法華経の一節に「影の形にそうが如し」という言葉があるそうである。文字通り、四六時中、そんな暮らしをしている私たちの場合、その一人が欠けた瞬間から、多分、気力のない腑《ふ》抜《ぬ》け人間になってしまうだろう。そんな気がする。

なにがきっかけになったのかおぼえていないが、ある日カミさんが、

「出来れば来世も一緒に暮らしましょう。そして、あなたの好物の車エビの天ぷらや、うなぎの蒲焼《かばやき》をたっぷり食べましょう」

と言い出した。とっさのことで私はカミさんの顔をしげしげと眺めて絶句していた。

「私が生き残ってあげないと、あなたは一人になって困るでしょう」とか、

「若《も》しもあたしが先に死んだら、あなたの席を私の隣りに取っといてあげるわ」

などとも言ったことがある。

人間の生き死にの問題について、こんなにこともなげに言うカミさんの、この透徹した達観に近いこの心境は、いつどこで身につけたものだろうとこの時も私は息をのむ思いであった。

＊

果てしもなく続く石ころ道の一角で、お遍路《へんろ》姿のカミさんが、しょんぼり佇《たたず》んでいる。どうやら、ここが〈あの世〉らしい。

そしてその白っぽい幻の映像は、カミさんの姿にオーバーラップして、なぜか泣きベソをかいている私の立像を大写しにみせる。

「随分、早く着いたわね。もう少し娑婆《しゃば》の変化を見とどけてくればよかったのに……」

「だって、ゼニ金の亡者たちの検挙騒ぎのニュースばかりが多くてホトホト人間に愛想がつきたからさ」

「ひと休みしたら出かけましょうか」

「何処《どこ》へ行くの」

「私の父さんは、もうとっくに極楽へ行ってるだろうから、母さんやトクちゃん(大介)に逢いたいし。おととし死んだ姉さんにも急いでゆけば追いつけるかも知れない」

「そうだね、ボクも戦後、タドンのようなパンばかりを食べていて胃腸病院で死んだ弟に逢って、食べたがっていた牛肉を腹いっぱい食べさせてやりたいな」

振り返ると白装束の人たちの列がエンエンと続いて、あたりは灰色一色の荒涼とした風景が続く。最近、こんな夢をみた。――

　エビ天やうなどんはともかく、食べ時を見計って丹念に作ってくれている毎日の食事の楽しさや会話が、素っ飛んでしまう、それだけで、私の、孤独な生活時間は真白く漂白されて空しいだろう。

　このところ、結婚なんてわずらわしくて――と気ままに独身生活をエンジョイしている中年の人の話題をしばしば耳にする。給料が銀行振込制になったせいか、職場でシゴかれて疲れて帰る主人の存在を、小さな子供までが無視するといった

傾向が日増しに殖えつつあるとも聞く。辞令一本で妻子と別れ別れになって単身赴任の侘びしい自炊生活を余儀なくされているサラリーマンも多いそうである。

まだ書き足りないものを多く残しているらしいカミさんのこの一冊など、自分たちとは無縁な、前時代人の心情としか受けとられないかも知れない。だがどんなに強がっていても所詮、人間は一人では生きられないのだ。それぞれの家族が、それぞれの形でつつましく寄り添って生きることの大きな意味と心の触れ合った団らんの楽しさについて、この機会に考え直してくれることを祈りたい。

いま、カミさんは尊厳死について、パンフレットなどをとり寄せて考えている。私は、たまたま先年読んだ本の中にあったフランスの歴史学者、フィリップ・アリエス氏のつぎのような言葉を憶《おも》い出していた。

「自分の死を心ない他人に邪魔されるのは御免だ」

アリエス氏が人間の生と死の問題を、どんな風にとらえて書かれていたか、はっきりした記憶がない。ただ〈人間の臨終〉を考える上で、この言葉のもつ意味

は重いと思う。

＊

「知ることの深さは愛することへの道」、これは少年時代の私に、「小説はあせって書くことはない。人情の機微が体験的にわかる三十歳を過ぎてから書けばいい」とすすめて下さった恩師、石丸悟平《ごへい》氏の言葉である。恥ずかしいことに今や傘寿《さんじゅ》をすぎたというのに、道草ばかり食っていて未だに短篇小説ひとつも書けないでいる。まさに無能の生涯というところだろう。

（おおはし・やすひこ）

またのあとがき――夫を偲んで

沢村貞子

私の大切な人……片時も離れず、「寄り添って老後」をひっそり暮らしていた夫――大橋恭彦が、フッと消えてしまった。ほんとに突然、ひとり、私を残して……。一九九四年七月、享年八十四歳――私より二つ若かったのに……。

暑い夏だった。老夫婦にとっては息苦しいような毎日がつづいた。小さいパン一つ、玉子一個、牛乳一ぱいの朝食……野菜の嫌いな夫のために、あれこれ工夫したサラダもほとんど箸をつけず――好物の鰻、天婦羅の夕食も、ともすれば残すようになった。

「……なんとなく、身体がだるい」

そう言いだして、居間の愛用の座椅子に腰かけたまま、じっと、海を眺めて、かれこれ半月。

やがて、

「……どうも、おなかが痛い」「なんだか、胸がドキドキする」

と——寝ついて、半月。老看護婦の私は、ただもう一生懸命、看病したけれど……とうとう、入院して、胃潰瘍《いかいよう》と診断されて、一週間。夜昼《よるひる》なしの点滴のおかげで、どうやら快方に向い——ホッとして三日目——死亡。胃潰瘍による心不全、心筋梗塞《こうそく》とのこと。名残りの一言もなく……付き添っていた私は、ただ呆然——せめてもの慰さめは、まったく、苦しまなかったこと——。

わが家の居間に帰った夫の……冷たい頬《ほお》をさすり、動かない指を握って——はじめて、泣いた……声をあげて。

「どうして、ひとりで逝《い》ってしまったの……どうして、私をひとり残して……」

泣いても泣いても泣ききれなかった。溢れる涙が、棺の中で、静かに眼をとじ

ている夫の頬を濡《ぬら》した……おだやかな顔。

「眠くなったから、先へ寝るよ、あんたも早くおやすみ……台所のあと片づけは明日にすればいいじゃないか」

まるで、そう言っているみたい……いつものように。

そんなあなたをじっと見ているうちに、私もすこしずつ、落ちついてきた。

(そうよね……。今更、あんまり取り乱したら、あなたに叱られるわね、きっと……)

東京から、湘南《しょうなん》へ引っ越すとき、あなたは言っていた。

「もう、あといくらもない人生だからね、のんびり、海を見ながら暮らしたいよ、そうすりゃあ、つまらない慾もなくなって——ごく自然に幕をしめることが出来るだろうからね」

ほんとに……私もそう思った。

そして、その通り——マンションの八階の部屋から、広々とした青い海を眺め、真赤な夕陽に胸をときめかし、見事な富士の姿に見とれて……のんびりした毎日

をおくることが出来たのは——しあわせだった。

それにしても、お互いにもう八十歳をすぎている。いくら楽しい老後でも、このまま十年も二十年も寄り添っていられるはずはない。フトそう思うと、そんな毎日がもったいなくて、なにかにつけて、声をかけあったものだった。

「お早う」「おやすみ」「いいお天気ね」「今日も暑いわね」「そのセーター、よく似合うわ」「このお魚、おいしいでしょ」

ときたま、夫が茶碗を拭いたり、片づけたりしてくれれば、

「アラ、すみません」「どうもありがとう」「まあ、ご苦労さま」

照れやの夫は、「うん」とか、「ああ」とか言うだけだけれど、けっこう、嬉しそうな顔をしていた。

なにを今更、そんな他人行儀な挨拶を……などとは思わない。家の中に、何時《いつ》でも話の出来る相手がいる……というのは、何とも仕合せなこと——それを二人とも、よく知っていた。新聞を読み、テレビを見ては、ああ言い、こう言う、おしゃべり夫婦。ときには互いの意見が違うこともあるけれど——それでも喧嘩に

ならないのは、とにかく相手の言うことをよく聞くという習慣があるせいらしい。そのくせ相手が言いたくないようなことは、決して聞こうとしないのもよかったと思う。

　とにかく——几帳面で潔癖で、頑固なくせに情にもろい夫と、陽気で明るいけれど、かなり、いい加減なところのある妻——おまけに一方は高血圧の寒がりやさん、片方は低血圧の暑がりやさん……そんな二人が、次々と苦労を重ねながら、かれこれ五十年もの間、ぴったり寄り添って来られたのは、よくよく縁があったに違いない。

　始めて逢ったのは京都の劇場——兄と一緒に芝居をしていた私の楽屋へ、新聞記者の夫がインタビューに来たのは、終戦の年の暮だった。あのとき、私は、その初対面の記者に、その時分、めったに手にはいらなかった羊《よう》かんを出し、薄茶をたてて、もてなした——何故か、そうしたかった。そのときのことは、夫もよく覚えていた。この春も、思い出話をしながら、

「うん、そうだったなあ、あの薄茶はうまかった……そうか、来年はもう、終戦

五十年か……よし、じゃあ、こっちは金婚式でもするか――僕たちは、そういうことは何もしなかったからねえ」

「ええ、しましょう、しましょう、金婚式を……パッと、派手にやりましょうよ」

老妻は、手を叩いてよろこんだ。

それなのに……その日を待たず、夫は遠くへ行ってしまった――ひとりで……。

この本の、「寄り添って老後」という題名は、夫が考えてくれた。

「わるいけれど、あと書きもお願い出来ないかしら……たまには、あなたもいっしょに書いて……」

私の甘えに、苦笑しながら、夫が渡してくれたのが「寄り添って死後」

その一節に、

「ある朝、目が覚めたら隣りのベッドが空っぽになっている、いつまで待っても空っぽのまま。私たちにもこんな朝が来ないという保証はない」

そう……その通り——私はいま、毎朝、皺ひとつない隣りの白いシーツをしばらく眺めてから……やっと、起きあがる。

「どっちが先へ逝っても、お葬式一切しないことにしようね」

それが、私たち夫婦の約束だった。言い出したのは夫——あれは、七十歳になったときのこと。

「お互いに齢だから、何時、どうなるかわからないが、そのときは、ごく身近かな人にだけ知らせればいい。世間に言えば、義理で顔を出す人もいる。二人とも、派手な世界に知り合いが多いことだし、忙しいのに無理をさせちゃいけないからね」

私は大賛成。二人で指切りげんまんした。湘南へ越してからは尚更のこと。こんなに遠くまで来て貰うなんてとんでもない。げんに私たちも冠婚葬祭一切ごめん蒙《こうむ》っていた。

「お墓もいらないと思うけど……?」

そう言い出したのは、私だった。

「もしかして、あなたが先へ逝ったら、お骨《こつ》をきれいな壺《つぼ》にいれて、居間に飾って、私が死ぬまで一緒に暮らすわ。私も骨になったら、一緒に海へ投げこんでもらいましょう――ホラ、いつも、きれいな夕陽が見える、あの海の向うへ……それが私の夢だけれど……いけないかしら」

昔から、世間体も親類たちの思わくも一向に気にしない妻の顔を、しばらく、じっと見ていた夫は、

「うん、それがいいだろう。誰も彼も、墓、墓って騒いでいたら、いまに、日本中、墓だらけになってしまうからな。ウン、いいだろう……骨は海に投げてもらおう――そう決めた」

夫は明るい顔でうなずいた。

そして、その約束どおり――夫の死後、お葬式一切なし。夫の骨壺は、居間の正面の飾り棚の上に、静かに坐っている……私が大切にしていた藤色地のちりめ

んの風呂敷に包まれて……。照れやの夫のたった一枚の写真はその横に——お気に入りの臙脂《えんじ》色のシャツを着て……なんとなく、ほほえんでいるように見える。まわりには、親しかった人達が、花好きの夫を偲《しの》んで供えてくださる生花がいっぱい。好きな煙草《たばこ》に甘いお菓子——朝は緑茶、夕方は棒茶をおいしくいれて供えているから、ご機嫌がいいのかも知れない。

おかしいのは——家中、どこへ行っても、フッと、夫の声がきこえるような気がすること……。

「そんな話は、さっさと断わりなさい」「まあ、いいじゃないか」「だめだめ」「なんとか、面倒みてあげなさい」「気をつけてね」「早く帰ってくるように……」

頑固なくせに、とてもやさしい、寂しがりやさん……。

(待っててね、私が行くまで……大丈夫、心配ないわ、その手配は、もう、ちゃんとしてあるから……)

私の命が終ったら、すぐ、火葬にして、骨を、あなたの遺骨と一緒にして、こまかく砕いて、相模灘《さがみなだ》に葬って下さるように、「葬送の自由をすすめる会」にお

願いして、手つづき一切すませてあります。

生きものの生命というのは、死んだら、それですべて終りでしょうね——それで結構よ、あなたと一緒なら……。それが、私たちの「寄り添って死後」ですもの。

待ってて下さいね——あなた。

〈対談〉お葬式を考える

永　六輔
沢村貞子

浅草生れの浅草育ち

永　浅草から府立第一高女に通っていらっしゃった登校の道筋を、ぜひ、きょう、きかせてください。前から気になっていたんです。我が家は第一高女の並びですから、浅草からだと我が家の前を通っているはずです。

沢村　お天気がよっぽど悪ければ、山ノ宿から、花川戸から蔵前まで市電で行って、竹町で乗りかえていきましたけれども。

永　蔵前、それは市電の話。

沢村　そう、市電、乗りかえて……。

永　それで、竹町。

沢村　ええ。お天気のよっぽど悪い日、雪が降った日。あとは全部歩いていきました。家から公園の中を通っていくわけ。そして、御徒町《おかちまち》のところに……。

永　御徒町からだと竹町ですね。

沢村　竹町まで行って。

永　七軒町。

沢村　あそこに小屋があったでしょう、芝居小屋がね。

永　ありました。前線座じゃなかったですか。

沢村　前線座。前進座に似ているんだけど、前線座。あそこの前を通って学校に行った。それから先、お宅はそれから左なの。突き当たって左。

永　そうです。

沢村　まっすぐ突き当たって学校なんです。突き当たる、ちょっと手前に、今橋さんというクラスの人がいて、そこの家に、電線がないのに音が出る機械ができたって。みんなで行こう、行こうと言ったら、そこの家はわりとお金持ちの家だけど、嫌がるわけよ。それでも私、どうしてもそれが見たくて、「見せて」と言ったのね。そうしたら、「見せてあげるわ」と。何にも線がないの。「あら、電線がないのに音が出るわ」とびっくりしちゃった。

永　それは蓄音器？

沢村　ラジオ。ラジオがそのとき初めて。電線がない。電線と言うの。線と言わない。電線がないのに音が出る。初めてそういうのを見ました。

府立第一高女って、第一番に女学校をつくるのに、どうして浅草なんかにつくったって、何の何がしという人たちのお母さんは嫌みを言うわけよ。だから、役者の子まで入ってきたって。

私が一年生のときに、二年生の人と二人で簡単な英語劇を学芸会でしろと言われて、得意になってやったの。そして、終わって、ほっとしてトイレに入ったの。そうしたら、その外でもって同じクラスの人が、「あの加藤さん――加藤って本名なの――加藤さんというのは役者の家の子なのよ。あんな人を学芸会に出すなんておかしいわよ」と言っているの。私、トイレから出られないじゃない。

でも、考えてみたら、学校を受けるときに、学科は受かったんだけど、面接のときに、絶対に父親が芝居関係だと言ってはいけない、あなたのお父さんは何ですかと聞いたら、家作を持っていますと言いなさいと学校の先生が教えてくれた

の。だけど私は、それを言うのも恥ずかしい。そんなことは言えない。もしそれでいけないと言ったら、あきらめましょうと思って、ぐっと力をこう入れて入っていったのね。そうしたら、そのときは受験生が多くて、先生たちが面接するのにくたびれているのよ。私はおしまいのほうだったものだから、くたびれちゃったらしい。「ああ、あんた、加藤貞子《ていこ》ね。その着物、だれが縫ったの」、「はい、母です」と言ったら、「そう。まあ、いいだろう。学科もいいしね。はい、いい」。私、もしね、「父は」と聞かれたら、「浅草で芝居をやっています。兄弟も芝居をしています」と言おうと思っていて……。それで、外に出てきて、ぽんぽん泣いちゃってね。

永　石垣綾子さんは先輩でしたよね。今、白鷗高校になっていますでしょう。都内であそこだけ、今、三味線教育があるんですね。だから、今のお話と、現在の白鷗高校と、その落差は大きいですね。生徒五十人が並んで三味線が弾けるのはあの学校だけです。音楽の先生が、三味線を習わなきゃいけないという先生が二十年ぐらい前からいらして、ずっと三味線を弾いているの。

沢村　そうなんですか。

永　下町らしくていいでしょう。その下町のお話を。

沢村　小さいころですが、近所のおばさんがおしゃれをして通るでしょう。母のまねをしたつもりで「あっ、お出かけですか」「ええちょいとね」「どちらへ」って。私はお世辞のつもりでしたが、母は「浅草のあいさつは、そんなことしないんだ。お出かけですか、行ってらっしゃいでいい。どちらへ、なんてお前が聞いてどうするんだ」とすごく叱られました。

永　怒らないけど叱る、それから余計なお世話はしない。それが浅草育ち。それで沢村さんにも今日まで、遠くからの目礼だけできてしまいました。黒柳徹子さんとは沢村さんの噂ばかり……。

沢村　八十八歳で初めてお話しするなんて。

永　この（横須賀の）お宅も初めてですが、そこに机があり、目の前、三百六十五日、いつでも海が広がっている。ここで書いていらっしゃるなんて、ほんとにうらやましい。

骨のだんなとおしゃべり

沢村　ここへ移ったのはだんなの考えからです。二人で最後のひとときを過ごそうって。そのだんなが死んで、もうじき三回忌になります。それで、骨をきれいな壺に入れて、ずっと部屋に置きっ放しでしょう。私が死んだら、この人の骨と一緒に細かく砕いて、海に流すという約束になっているの。それまで待っていらっしゃいというわけ。だんなが、お墓はいらないよと言うんだから。

永　日常の暮らしの真ん中に骨壺、あの世がこの世に一緒に交じっている。僕なんか、たまたま寺でしたから、お檀家《だんか》も浅草の方がいっぱいいらっしゃるんですね。死を明るく楽しく語る方が多い。どうも山の手やほかの法事と違うんですよ。

沢村　そう、違うの、まったく。毎日ここで骨と話をするもんだから、みんなが笑うんです。「きょう永さんがいらっしゃるのよ」とか、「じゃ、先に寝るからね、おやすみ」なんて、そういうことを、べらべら平気で話をするんです。あの骨が

聞いているような気がするの。

永　沖縄とか津軽とか、日本でも地域によってあの世とこの世がまざっているところっていっぱいあって、あの世から人を呼んで一緒にしゃべったり、沖縄みたいにあの世の人と宴会したりしますでしょう。あれに近いところが、浅草には残っているようなところがありますね。

沢村　だから、ごちそうするんですよね。「こんにちは、いらっしゃい、いらっしゃい、みんないらっしゃい」ってあの世から呼んできてさ。「さあ、これをごちそうするから。これ、おいしいよ」なんて言って、平気でそこへごちそうを出して、「さあ、これをおあがり、おいしいよ。あんた、好きでしょう」なんていうことを平気で言うわけよ。

永　そうですよね。

沢村　おもしろいとこでね。

永　ほんとうにおもしろいところなんですけれども、でも、一方で、それを奇妙に感じる人たちがたくさん増えていますよね。それから、変に霊の世界とか、背

後霊というような言い方じゃないでしょう、われわれのあの世とこの世は。

沢村　背後霊もなにも、ただ、先に亡くなっているから、後から行くからねということを言うだけでね。あの人は先に死ぬの、嫌だったんですよ。だから、骨をそっくりそのまま置いてある。私が死んだら、この骨と一緒に細かく砕いて、あそこに入れるという約束にしてあるの。後から行くからね。待っていてねということになってきちゃう。

永　「どちらへ」って言うと叱られる（笑）。

沢村　ちょっと待たしているけどね。もうそろそろいいんじゃないかと言っていると思うわ。ね、もういいかげんにしろってね。

永　そんなこともないでしょう。ゆっくりおいでよという声も聞こえるでしょう。

沢村　何かこっちのニュースを聞いてこいと言っているから、オウム（真理教）の話もいっぱい集めて（笑）。この人はピストルが日本にこないことをとっても喜んでいたの、死ぬ前にね。「日本にはピストルがないから、いいな。あったら、ああいうものはすぐ撃ちたくなる。刀を抜くということは今ないからね」と言っ

ていたの。そうしたら、ピストルがどんどん入るでしょう。「ピストルもどんどん入っちゃうのよ。しようがないね」、「うん」と言っているような気がするのよ。オウムの話も向こうへ行ったらしてあげるからね。あんた、全部聞かないでよかったのよなんて、勝手なことを私がしゃべっている。

永　でも、そのためにはオウムの裁判が終わるまで生きてなきゃだめですよ。そうすると、相当先まで生きて、十年じゃ終わらないというから。

沢村　そんなにとんでもない。もうそろそろいいんじゃない。もうそろそろいいんだけれども、わざわざこの人のところに急いで行ったら、やっぱり、みんな、嫌だろうと思うんです。自然に行かなくちゃ……。

永　追いかけることはありません。いい女は男を待たせたっていい（笑）。

沢村　そのためには歩かなくちゃ。歩いて、それで自然に、あっ、おしまいというふうにならないといけないと思う。わざわざ自分でね。そんなもの、あなた、五日も食べなきゃおしまいになっちゃうんだからね。わかっているんだけど、もうちょっと待っていてね。みんなが、いい死に際だったねと思うまでね。そうい

う死に方をするから、待っていてねと言っているわけよ。でも、待っていると言っているから。

永　大丈夫ですよ。ずっと待っていますよ。

沢村　そうなのね。待っている人だからね。でも、私は幸せですよ。こういうふうにぴたっと価値観の合う人と会えたから。会えない人、いっぱいいますもの。それが会えたから、とても幸せだった。

永　大橋さんは、どういう生い立ちをなさったんでしょうね。

沢村　私、生い立ち、聞いたことがないんです、ほんとうに。あの人、ただね、わかっているのは、あんまり学校に行かれなかった。若いとき、あの人の家は、友達の借金をしょってつぶれたんですね。そして、きょうだいが多くて、東京へ子供のときからやられたらしいのね。そういうようなことがあるらしいことは、あるときにちらっと聞いたけれども、それでどうしたの、それで何があったのと私は絶対聞かないの。聞いたってしようがないしね。

永　そこがまた浅草ですものね。

沢村　聞いて、気に入らないからって別れるわけじゃないしね。あなた、やり直してきてというわけじゃないしね。きょうだいが何人あるかも、私、聞いたことがないの。

永　僕、妙なことを伺っちゃって申しわけなかったんですけど、逆に言えば、どういうふうに生まれ育って、添い遂げてということでも、そのぐらい相手のことを知らなくても添い遂げられて、こうやってお話が続いているということが、今、うらやましいなと思って。

沢村　そうね。だって、同じことだからね、別に。どこの学校を出ようと、どんな立派な家にいようとね。昔、どうしたと。

永　ちょっとほっとしているのは、先月、用があって北京に行ったんですね。日本人学校のボランティアをしているもので。そのとき、めったに言わないんだけれども、女房が、北京へ一緒に連れていってほしいと言うんですよ。あちこちに行くときに、必ず家にいる人なの。何で北京だけこんなに行きたいのかなと思って。結婚して三十年以上ですけれども、北京生まれの北京育ちというのを初めて知

ったんです。一言も言わないし、僕も聞かなかったんですよね。

沢村　だから、行きたかったのね。

永　生まれた家があるのだったら、それを見たいからと言うんで、びっくりして、「えっ、あなた、北京の生まれなの」って。知らなかったんです。結構そんなものですよね。よかった。

沢村　浅草だからよ。

どんなお葬式にするか

永　お葬式をしないことにしようというのは、お二人で最初から決めていらしたのですか。

沢村　昔から二人で決めていたんです。葬式なんて大変なことだし、第一、みんな、どうしても行きたいと思っている人はほんの何人か。あとは、芸能プロからテレビに映ってこいと言われて、そこで何か言うことを考えて、「沢村さんは、

いろいろ叱ってくださったけど、でも、あの方はね」なんて言わなくちゃならない。そうに決まっているから、駐車場もないし、よそうねって、二人で約束したんです。

永　ひょっとして、それはお幾つぐらいのときの会話ですか。

沢村　一緒になったのは、何しろ三十八ですからね。三十九か四十ですよ。もう初めっからそれなんです。

永　大事なことですね。今、皆さん、そこを避けているから、土壇場で大騒ぎになったりしていますけれども、つまり、故人の遺志が一番大事で、その方がやりたかったようにしてあげるべきです。

沢村　第一、人間みな死ぬんだからね。それをいちいち死んだ、死んだと騒ぎだすと大変だしね。私の母は、八十四歳で亡くなったんです。そのときに、弟の加東大介が上海に行っていて、もう死ぬとわかっていて、電報を打ったら、そうしたら、ちょうど向こうですぐ撮影が終わるというときで、飛んで帰ってきたんです。帰ってきたら、まだ母は生きていたの。ああ、よかったと思ったんです。生

きていたって、物が言えない。そのころから、ほら、何かいろいろなものを入れる……。

永　点滴だの何だのいろいろ。

沢村　そして、毎朝、毎晩、医者がそれを調べに来るの。母を診《み》るんじゃなくて、これがきいているかどうかを調べるの。腹が立ってね。加東が帰ってきたので、一緒に二人で院長さんのところへ行って、「もう。だめでしょうか。千が一、万が一、億が一でも助かるということはありますか」「申しわけないけど、ない」「じゃ、だめなんですね。だめなのに、どうしてあんなに管をつけるんですか」「いや、それはね、医者として、最後までできるだけの」「しかし、できないとわかっているんでしょう。わかっているのに、どうしてやるんですか」「いや、それは医者として……」「じゃ、医者としてと子供としてと、どっちが大事ですか。子供としてでしょう」と。

　そうしたら、「そりゃ、まあ、お子さんたちがそうおっしゃるなら」と。「子供たちがそう言いますから、あれをとってください」と。「あれはお金を払うんで

しょう」「それはいただきます」「じゃ、私たち、払いません。それでも置いておきますか」「いや、そういうことじゃ……」と。それでとってくれました。母もそのほうがいいと思った。そして、亡くなりましたでしょう。こんどは私の知り合い、兄の知り合い、雅彦の知り合い、みんなが、おばあちゃんが亡くなった、お母さんが亡くなったと、花をくれるの。「花は結構です。皆さん、お忙しいんだし、いらしてくださらなくても結構です。お花も結構です」「じゃ、花だけ」「それじゃ、申しわけないけど、お気持ちだけで、お名前をとらせてもらいます」と言ったら、ぐっと減ったの。

永　そうなんですよね。今、お話を伺っているとおりに、いかにお葬式にむだが多いか。ほんとうに、なければ一番いいんですね。だけど、それはお話し合いのなかで決めたことだからいいけれども、世の中には、派手にやってくれという方もいますからね。

沢村　そうそう。うちの母なんかは、病院で個室に入ったら、もったいない。あなたたち、忙しくて一生懸命働いているのに、みんなと一緒の部屋でいい。こん

な個室なんて高いんだろう。もったいないと、こう言うの。だから、お葬式をしないから、そのお金だけみんな母さんが生きているうちに使うんだからと言ったのよ。したがって、お葬式はしないというわけ。それで、お花の名前をとらせていただきますと言ったら、ガタッと花が減ったからね。ほんとうに母のことを、ああ、懐かしい、よくやってくれたと思う人は、自分でとことこ来ますよ。それでいいんですよ。

永　そうですよね。僕はさっきから「そうですよね」と言いながら、寺の子ですからね（笑）。お葬式が全部なくなっちゃうと、我が家はどうなるんだろうと思いながら、でも、なくなっちゃっていいと思っています、僕も（笑）。

沢村　いや、お寺はお寺です。お寺はやっぱり彼岸の中日に来ましたもの。それでお坊さんにはとっても申しわけないんだけれども、どうしても抜けられない用があるんで、さわりをちょっとと。そこの坊さんがいい声なの。その人が、いい声でさわりだけをね。それで、ああ、よかった、よかった。これで済んだと、親も息子や娘もみんな。そんなやり方ですからね。

永　戒名の問題とか、こういう戒名をつけるといくらだというようなことってあるでしょう。我が家は特別に頼まれなければ戒名をつけない寺なんですね。戒名というのは、戒めの名前ですよね。世の中いろいろ悪さをしたやつは、あの世に行くときに名前を変えないと閻魔《えんま》様に捕まっちゃう（笑）。

ついでだから、ちょっと言わせていただきますと、出家というのは物をつくってはいけないんですね。つまり、世の中の人というのは、もっとうまくやろうとか、もっとたくさんつくろうとか、たくさん運ぼうとか、高く売ろうとかという人たちがたくさんで世の中をつくっていくわけでしょう。それを冷静に見ていて、ちょっと違うぞというときに声をかけられる位置に坊主はいなきゃいけない。だから、坊主は働いちゃいけない。働かないかわりに恵んでいただかなきゃいけないんですよね、収入がないんですから。つまり、そういうものなんです、布施というのは。

　まじめに生きてきた人は、戒名なんていらないんです。父にもありません。

沢村　お父さんの言っていらっしゃることを読んで、私もそういうことをやって

いるわけだな、よかったなと思いますわ。

永　ヒノキや黒檀の棺なんて。うちのおやじは段ボールでいいと。だって、焼いちゃうんだから。立派な木材を使う必要はいっさいないんだから。そのために、上からかけるきれいな布はあるわけだから。それから、暑いさなかとか、寒いさなかに長々とお経をやる必要はないんですよ。五分でお願いしますと言えるんです。それができなきゃプロの坊主じゃない。もっと合理的にできるんです、お葬式は。

故人の遺志を大事に

永　今、沢村さんは、どこが痛いとか、悪いというところはなくていらっしゃるんでしょう。

沢村　ええ、私は、大体が、血を自分でもってちゃんと抑えることができなくて、出血しやすくて、出血すると止まりにくい体質なんです。そして、だんなが亡く

なってから、大出血しちゃったわけ。もうだめだと言われていたんです。

永　一度死線をくぐっていらっしゃるんだ。

沢村　考えてみたら、これまで二日と寝たことがないのね。一緒になって五十年もね。だから、死んだあとにいろいろやったから、くたびれたんだろうけれども、一月《ひとつき》じーっと寝ていたら助かっちゃったの。

永　そうですか。ひょっとすると死ぬかなとお思いになったわけでしょう。そのときに、怖いとか、不安になるとかということはありませんでしたか。

沢村　ありませんよ。だって……。

永　行きたいんだから。そこが問題なんですよね。

沢村　ただ問題は書くということね。だんなが書けなかったでしょう。あーあ、あれが書けなかったなあ。五十年史を二人で書くというのが、私が書かなくちゃいけないのに、書けなかったな。それが悪かったなあとは思った。あとは何とも思わない。

永　ほんとうに準備万端、いつ死んでもという……。でも、今おっしゃった、亡

くなった方の遺志を受け継ぐ。ご夫婦でも友達でもね。今になってみると、僕の世代でも周りが亡くなってきますでしょう。例えば中村八大が亡くなり、いずみたくが亡くなって。彼らがやりたかったことというのは知っているわけですよね。そうすると、それはやってやろうという気になるじゃないですか、残ったほうは……。これがなくなっちゃったら、つまらないなとは思うんですよね。

沢村　それはそうですね。私も、あの人がどんな思いでね。みんなに、沢村さんばっかり働かしてって、言われて。あの人に気の毒で、気の毒でね。だから、「二人で歩いた五十年」を書きたい、書かなくちゃいけない。そういう気がありましたね。それできっと、治ったのかもしれない。ほかには何にも執着がないわけよ。自分がトイレに行かれる間は、生きていてもいいけど、行かれなくなったらおしまいにしようと思っているしね。だから、死ぬということは、だれでも死ぬんだけれども、死んでも、先にちゃんと行って待っているんだし、ちっとも心配じゃないわけよ。

永　そうですね、心配じゃないですよと言われて、ほんとうに心配じゃないとは

思ってないんですよ、僕は。そこまで行くかな、できるかなと。

沢村　あまり何かに執着しないということね。第一、いつまでも沢村貞子を忘れないでなんて、とんでもない。死んだら、さっさと忘れてほしい。でもね、生きている間は、たまにはさびしいから。気に入った人には来てほしい。いくらさびしくても、気に入らない人は、骨のだんなが「帰ってもらいなさい」と言う。

永　そろそろ帰ります（笑）。

沢村　お仕事で忙しいでしょうが、時折、遊びにいらしてください。

永　沢村さんには書き残しておいていただきたいことがいっぱいあります。女性として生きていらした沢村さんじゃなくて、女優として、女優へのメッセージも、もっと伺っておきたいんですね。そして浅草のあれこれも、もっともっと。

沢村　だんなが待ってくれればね（笑）。

（「朝日新聞」一九九六年六月八日）

永六輔（えい・ろくすけ　一九三三～二〇一六）放送作家、タレント

巻末エッセイ

若い日に出会った人生の達人

――沢村貞子さんと大橋恭彦さんへ感謝をこめて

北村暁子

女優引退のパーティー（一九八九年）にお伺いしたとき、沢村さんは桜の花びら模様のお着物姿の華やいだ笑顔で、「あなたとは、これからね、一緒に仕事できますからね」と声をかけてくださった。

沢村さんの『わたしの脇役人生』（一九八七年）の単行本を担当したご縁で、私は献立日記の本の編集をさせていただいた（その時のことは『沢村貞子の献立日記』〔新潮社、とんぼの本〕に詳細を記している）。

本書『寄り添って老後』の最初の原稿は、『わたしの献立日記』（現在は中公文

庫）を作ったあと、次の本のために、といただいた。沢村さんが、葉山のマンションへ引っ越して、リビングから広い海を眺める暮らしを始められた頃だった。毎月の連載企画として、「小説新潮」の編集者とともに読んだ。私より十歳年長の先輩編集者は、「いまの沢村さんのお年で、この生活は、普通じゃないのよ、達人の暮らしだと思う」と、おっしゃった。

沢村さんの暮らしの達人ぶりは知っていた。しかし、まだ三十歳前だった私には、八十歳の生活の現実は、想像を超えていた。先輩の言葉にうなずき――普通じゃない知恵と豊かさがあるという想いを共有して、連載の原稿を、毎回楽しみに読んだ。

連載をまとめた単行本『寄り添って老後』は、多くの読者を得て、発売から五か月で十万部を超え、新潮社の記念特装本を作ることが出来た。特装本は、深緑の革装、天金、見返しはマーブル紙、という特別な仕立てで、たった四冊だけ製作し、社内では、社長室、会議室の本棚に保管、そして二冊を著者に寄贈する。仕上がった本をお宅でお二人にお見せしていたら、大橋さんが「この一冊は北

村さんに差し上げたいな……二人でサインして、お渡ししたいね」とおっしゃり、沢村さんも「そうね、そうしましょう」と。

――そんなわけで、編集者の分は無い貴重な特装本を、手元に愛蔵している。

『寄り添って老後』を本にするとき、沢村さんのご希望で、大橋さんに、著者に代わってのあとがきを書いていただいた。大橋さんはもともと新聞記者で「映画芸術」という雑誌を作っていらしたかたなのだ。そのあとがきの言葉に――次の本には大橋さんにも書いていただきたい、と思いながら、本の刊行の翌年、私は産休に入った。出産を経て仕事に戻り、沢村さんをお訪ねしたとき、次は岩波書店から出す話が決まっていることをお聞きした。担当編集者は私より二十歳年長とのこと。それならお二人の現在の感慨を私よりもずっと深く理解されているに違いない……自分が作れないのは残念だけれど、むしろ、よりよい本になるのでは、と思った。

岩波書店のベテラン編集者高林寛子さんが作られた『老いの楽しみ』（一九九

三年）を読んで――大橋さんは、お書きにならなかったのだ、沢村さんに任せたのだ、と知った。沢村さんが大橋さんとの日常の豊かなやりとりをさまざまに書きとめている。さらに次の本を金婚式に合わせてお二人で書くことになっていたのだということを、その後に知った。

大橋さんが亡くなられて――沢村さんはどんなにか、悲しかったか――しかし、沢村さんは、大橋さんが遺した手紙を見つけて、それを記す本を作ろうと気持ちを奮い立たせて――その願いを実らせた本『老いの道づれ――二人で歩いた五十年』（一九九五年）が出来たのだった。高林さんがそれを果たせたことが私も嬉しかった。

高林さんは、ご定年後に亡くなられて、お話を聞く機会はなかったが、一九九七年のご定年の際に同僚の方がまとめられた冊子「高林寛子さんのあゆみ」に、沢村さんとの本づくりについて書いた文章が収録されていた。大橋さんと一緒に作るはずだった『老いの道づれ』はお二人の金婚式の年に間に合ったことが、記されていた。

その本を刊行して、大橋さんの死の二年後、沢村さんも天に召された。

本書にも登場する、マネージャーY女史——女優を引退したあとも支え、大橋さんとの暮らしを見守っていらした山崎洋子さん——が、沢村さんと大橋さんのご希望どおりに、お二人が愛した海へ、一緒に散骨された。

山崎さんは、後に、『沢村貞子という人』（二〇〇四年）を書いて、私はその文庫版を担当した。沢村さんの生き生きとしたお姿が——毅然とした仕事への姿勢や暮らしぶりだけでなく、お茶目で愉しいエピソードもたくさん——山崎さんのあたたかい想いとともに記されている。

このたび、読み返して、沢村さんの言葉と声音を思い出した。

こんなことがあった。私が最初に作った本の著者プロフィールの既刊本の書名に一文字誤植があり、気づいてすぐにお詫びした。そのあと、ご一緒した新刊サイン会の道中でも、そのことをずっと悔やんでいた私は——たまらなく情けなかったのだ——「あなた、それはもう言わないでいいのよ、忘れなさいよ」と、沢村さんにたしなめられた。そして、「装丁や本づくりをとても気に入っているか

らね」と優しく話してくださった。

芸能プロダクションの社長で、颯爽とした洋装が印象的だった山崎さんは、沢村さんが女優を引退して葉山に引っ越しされた頃、都内に鹿角《かづの》という秋田料理のお店を開いた。郷里秋田の本場のきりたんぽと根付きの芹の入った鍋。赤い塗りの曲げわっぱに氷、その上に盛り付けられた糀と塩の大根のなた割り漬け。くるみあんをかけた小さなお餅のデザート。山崎さん直伝の郷土料理が美味しかった。沢村さんのエッセイの愛読者の着物仲間や友人を誘って、たびたび味わいに行った。中公文庫版の『わたしの献立日記』の解説を書かれた平松洋子さんとご一緒したこともあった。

お店での山崎さんは、沢村さんから譲られたお着物を沢村さん流にゆったりとお召しになられて、懐かしいお話や、面白いエピソードをいろいろ話してくださった。

あるとき山崎さんは、「北村さんは、大橋さんが嫌がらない編集者だったから、沢村さんにとって、仕事がしやすくて良かったのよ」なんて話してくださった。

もの知らずの小娘で、懸命に書き手についていくことしか出来なかったが、そんな私を、大橋さんは面白がってくださったのだろうか。

大橋さんとのやりとりの記憶。当時は、連絡はほとんど手紙で、沢村さんへも毎回連載の感想などを書き送っていた。大橋さんが、私が差し上げた手紙を持っていらして、この手紙の文字を書いたペンはどんな万年筆なの？　とお尋ねになった。細い文字が書けるので愛用していた、雑貨文具のようなガラスペンで書いていたので、しどろもどろの私に……いい文字が書けるね、インクの色がいいね、と、褒めてくださった。濃紫色のインクだった。

いまどきの流行について訊かれたこともあった。私は流行《はや》りの服はあまり着ないけれど、その時どきの流行はどうしても巷に溢れるから、その中から選ぶことで、多少は流行りの色や雰囲気も自分の装いに入っているかもしれません、なんて話したことを覚えている。

大橋さんは、きりっとしてダンディなかただった。優しい話し方で緊張を解いて、他愛ない私の話を笑顔で聞いてくれた。「本を創る仕事は面白いだろうね」

と話しかけてくださった、そのあたたかい口調を思い出す。

沢村さんは、「亡くなったら、それっきり、忘れられていいの、そういうものよ」と生前、おっしゃっていたけれど、その命の最後には、向こうで大橋さんに会えるからと、安らいで旅立たれた。

そして沢村さんの本は、没後、時を経たいまも、読み継がれている。

このたび再読三読した本書、そしてその後の『老いの楽しみ』『老いの道づれ』には、沢村さんご夫妻の晩年の人生の感慨と工夫がこまやかに記されている。

還暦を過ぎ、編集者生活もラストランのいま、沢村さんの随筆を読み返して、私はこれまで気づいていなかった知見をさまざまに得ることが出来た。

この文章を書く機会を与えられて、大橋さん、沢村さんを、さらに懐かしく、身近に感じることが出来た。お二人に出会えた若き日の時間――いまとなればそれは短かった――その濃密さに気づいた。ともに本づくりができたその幸せに、改めて感謝、そして感激している。

沢村さん、大橋さん、本当に、ありがとうございました。

　ずっとお二人のおそばにいらした山崎さんは、数年前に鹿角をたたまれて、お店を手伝っていらした藤原ひろみさんと、奈良に引っ越された。コロナ禍もあり、お会いすることはままならなかったが、ひろみさんの計らいで、電話でお元気な声を聞かせていただいた。

「もう沢村さんより歳上になっちゃって、ひろみちゃんのおかげで生きていられているけど、いつまでこの世にいるのかしらねー」なんて、明るく笑いながら話していらしたけれど、その山崎さんも、昨年、二〇二一年、大橋さん沢村さんと同じ、夏に亡くなられた。

　沢村さんご夫妻亡き後も、本のことでさまざまにご連絡いただき、お世話になっていた。山崎さん、ひろみさん、ありがとうございました。

『寄り添って老後』を、私自身が七十代、八十代で再読する未来があったなら、沢村さんご夫妻の生きかたを、さらに実感をもって読めるのだと思う。

　そしてもちろん、この本の刊行当時の私のような次世代の読者にも、ぜひ読ん

でいただきたい。人生の達人の軌跡は、燈火のように、これから行く道筋を照らしてくれる。

沢村さんが、繰り返し書いていらしたように——自分らしい生き方をして、すべての人が自由に暮らせる……そんな社会であってほしい——この世界の平和を、今こそ強く念じつつ。

（きたむら・あきこ　新潮社編集者）

『寄り添って老後』記念特装本

『寄り添って老後』
単行本　新潮社、一九九一年十一月
文　庫　新潮文庫、一九九四年十二月
ちくま文庫、二〇〇六年十月

編集付記

一、本書は『寄り添って老後』（二〇〇六年十月、ちくま文庫）を底本とし、あらたに対談「お葬式を考える」（『老いの語らい』一九九七年一月、岩波書店所収）を増補したものである。

一、本文中に今日の人権意識に照らして不適切な語句や表現が見受けられるが、著者が故人であること、執筆当時の時代背景と作品の文化的価値を考慮し、底本のままとした。

中公文庫

寄《よ》り添《そ》って老後《ろうご》

2022年5月25日　初版発行
2022年10月15日　再版発行

著　者　沢村《さわむら》 貞子《さだこ》

発行者　安部 順一

発行所　中央公論新社
〒100-8152　東京都千代田区大手町1-7-1
電話　販売 03-5299-1730　編集 03-5299-1890
URL https://www.chuko.co.jp/

DTP　ハンズ・ミケ
印　刷　三晃印刷
製　本　小泉製本

Published by CHUOKORON-SHINSHA, INC.
Printed in Japan　ISBN978-4-12-207207-7 C1195

定価はカバーに表示してあります。落丁本・乱丁本はお手数ですが小社販売部宛お送り下さい。送料小社負担にてお取り替えいたします。